極上御曹司と甘い一夜を過ごしたら、
可愛い王子ごと溺愛されています

目次

極上御曹司と甘い一夜を過ごしたら、可愛い王子ごと溺愛されています

1　解(と)けない魔法

その日はお互いに酔っていたのだと思う。

あの最悪な出会いから一週間と経たないこの日、彩芽(あやめ)はたまたま職場の同僚に合コンの穴埋め要員として誘われた。

そこで彼と再会を果たすとも思わなかったし、ましてや一夜を共にすることになろうとは、夢にも思っていなかった。

何せこの春二十二歳になったばかりだというのに、彩芽は未だ恋の経験さえもなかった。

だというのに——合コン帰り、助けてもらったのをきっかけにお洒落な雰囲気のバーに連れて行かれた流れで、思いがけず大好きなチョコレート談義に花を咲かせることになった。

その上、長年抱いていたコンプレックスをうっかり吐露してしまったせいで、未知の世界へと足を踏み入れることになろうとは……

「だったら、ちょっと試してみない？　俺とそういうことができるかどうか」

まるでおとぎ話の王子様のような甘やかな顔をした男から、まさかそんな提案をされるとは思わず、彩芽は驚きのあまり問い返す。

「……試してみるって、どうやって……？」

目をパチパチさせキョトンとする彩芽に、男は眩しいくらいの微笑みを湛え、思いの外優しげな声で囁きかけてくる。

「そんなに難しく考えなくていいから。ほら、目、瞑ってみて？」

急な展開に何が何やらわからないながらも、あの時の彩芽には不安よりも好奇心が遙かに上回っていたのだと思う。どこからともなく沸き立つ期待感から、思わずゴクリと喉を鳴らす。

彼の甘い声音に唆され、彩芽は彼の声に操られるかのように瞼を閉ざした。

わずかの間を置いて、彩芽の唇に柔らかな何かが触れる感触がもたらされた。

その瞬間――おそらく魔法にかかってしまったのだと思う。

今まで自分には無縁だと思い込んでいた「恋の魔法」とやらに。

厄介なことに、これは今も解けてはいないのだろう。

いや、むしろ呪いとでも言った方がいいかもしれない。

あのキスのせいで、彩芽の心は今でも囚われたままだから――

決して叶うことのないこの想いは、昇華されないまま未だに燻り続けている。

けれど、私にはこの子がいる。

自分の血を分けたこの子がいてさえくれれば、何だってできる。

この三年間、彩芽は事あるごとにそう自分に言い聞かせてきた。

＊　＊　＊

彼との出会いは、最悪なものだった。

当時、製菓専門学校を卒業し長年の夢だったショコラティエールとして、有名百貨店に店舗を構えるチョコレート専門店で働き始めた頃。急病で欠勤した店舗スタッフの代役を務めていた時のことだ。

社会人になってまだ間もない上に、慣れない店舗業務にもたついていたのも事実だった。

「あら、この可愛らしいお嬢ちゃんはアルバイトの方かしら。どうりで接客がなっていないわね～」

「この店の教育はどうなっているのかしら」

「美味しいと評判だって伺ったのに、これじゃあ期待できないわね」

各店舗で以前からクレーマーとして知られる傲慢なマダムから立て続けに罵られ、言い返すことなど許されない彩芽はただひたすらに頭を下げて耐えるほかなかった。

「あのう失礼ですが、円城寺(えんじょうじ)さんでいらしゃいますよね？　いやー、ご無沙汰しております」

よく通る爽やかな声音でそう言って現れた、どうやら顔見知りらしい彼の登場によってマダムの態度は一変し、その場は収まったのだが……

マダムが機嫌良く帰った後、彩芽が彼に礼を告げた際。

「当然のことをしたまでだよ。それに、まだ君、女子高生のようだし。可愛いアルバイトの君にこの仕事を嫌いになってほしくないからね」

幼い頃から標準的な身長を下回っていた彩芽がもう何百回、いや何万回と耳にタコができるほど聞き慣れたフレーズが彼の口から放たれた。

――またか……。確かにチビですけど。こう見えてもう成人した立派なレディーなんですからね。女性を見かけで判断したら痛い目見ますよ。それにさすがに女子高生は言い過ぎだと思うんですけど！

いくら地雷を踏まれたとはいえ、助けてもらったことも棚に上げ、彩芽の胸の内は少々やさぐれ気味だった。

身長一四六センチという、成人女性の平均身長を大きく下回る彩芽にとって、小柄な体型はコンプレックスでしかないのだから仕方ない。

そんな彩芽の複雑な乙女心などまったく気づいていないのであろう、この爽やかなイケメンは、事もあろうに、人好きのする完璧なキラースマイルを携えてとんでもない暴挙に出た。そして彩芽の乙女心をズタズタにしたのである。

もちろん、よかれと思っての言動だと重々承知しているし、この男に悪気なんてまったくないのははわかっている。だけど――

「はい、どうぞ。美味しいガナッシュ――生チョコ食べてお仕事頑張ってね。それじゃあ」

初対面の見た目高校生の女の口に、まるで小さな子どもにするようにたった今買ったばかりのガナッシュを放り込むのは如何なものか。

まんまと釣られて口を開けてしまった自分もどうかと思うが、不可抗力だった。

――あれか？　イケメンなら何をしても許されるとでも思っているのか？

確かに、彼のキラキラと煌めく笑顔はどこぞの王子様かと見紛うほどだったのは認めよう。

――でも、だからって……！　いや、もういい。どうせもう二度と会うことなどないのだから、忘れることにする。

彩芽は顔と共に小さな身体を紅潮させつつも、なんとか全神経を集中させて笑顔を取り繕った。

高校生に間違われるのはこれまでもままあることで慣れっこだったが、どういうわけかこの時の恥ずかしさと悔しさと言ったらなかった。

彼が店舗スタッフの間でかねてより噂されていた、週一で来店して決まってガナッシュを買っていくという謎のイケメン――通称「ガナッシュ王子」であることは後に知ることになる。

＊　＊　＊

週末の土曜日の仕事帰り。

同僚にほぼほぼ強制的に連行されてしまった苦手でしかない合コンで、彩芽はガナッシュ王子――神宮寺駿と予想外な再会を果たすことになった。彼は彩芽が成人していると知ってひどく驚いている様子だったが、どこか嬉しそうな柔和な笑顔を浮かべていて、彩芽はその笑顔からなぜか目が離せなかった。

挙げ句、帰りに酔っ払いに絡まれ困っていたところに彼がヒーローのごとく颯爽と現れたのだ。

「俺の可愛い彼女に何か用があるなら代わりに聞きますけど？　それにこの汚い手、今すぐ離してもらえませんかね？　目障りなんで」

彩芽の腕を掴んでいた酔っ払いの腕を赤子の手でも扱うように、簡単に捻りあげて撃退してしまったのである。

細身な彼の意外にも男らしい姿を目の当たりにした彩芽の胸は、この時どういうわけかトクトクと高鳴るという、不可解な反応を示した。

自身の不可解な反応に戸惑うあまり、酔っ払いが消えた後も、彩芽は身動ぎさえできずに突っ立っていることしかできずにいたのだが。

「彩芽ちゃん。手、震えてるけど大丈夫？」

さらに彼は、酔っ払いから解放された彩芽の震える手を優しく両手で包み込む。そしてすかさず身を屈めてこちらに視線を合わせ、小首を傾げて上目遣いで様子を窺うイケメンを前に、男性に免疫のない彩芽は余計に動けなくなってしまう。

「……え？　あっ、はい」

それでもなんとか返答した彩芽の様子に、彼は怖がっているからだと誤解したらしく、思いの外優しい声音で囁きかけてくる。

「全然大丈夫じゃないみたいだね。心配だから静かなところで休んでから送ってあげるね」

あたかも合コンで女の子をお持ち帰りでもする時の常套句のような台詞だ。

それなのに彩芽は抗うことなどできなかった。

手慣れた様子で彩芽の小さな手を引いて歩み出してしまった彼に促されるままに足を踏み出すことしかできない。

まだ知らぬ未知の世界へと誘われるようにして、すぐ近くに行きつけの店があるからと彩芽が連れて行かれたのは、しっとりと落ち着いた雰囲気の「チャーム」というバーだった。

キャンドルのような、温かみのある灯りが灯るカウンター席。

そこに彼と隣り合わせで腰を落ち着けた彩芽は、彼の知り合いだという年配のオーナーを交えての談笑に耽っていた。

王子様然とした見かけとは違って少々強引だった彼だが、毎週ガナッシュを買いに店に通って来るだけあり、チョコレートのことにやたらと詳しかった。

そのせいでいつしか彼に対する警戒心も緊張感も薄れ、無類のチョコ好きが高じてショコラティエールになった彩芽は、もうすっかり彼と打ち解けてしまっていた。

けれどまさか——

「私、男の人と付き合ったことがなくて。気の利いたことも言えなくてすみません」

などと口走ったばかりに、うっかり男性経験どころかキスの経験さえもないとコンプレックスを吐露してしまうなんて。

「だったら、ちょっと試してみない？　俺とそういうことができるかどうか」

いくら優しい声音でそんな言葉をかけられたからって。

「そんなに難しく考えなくていいから。ほら、目、閉じてみて？」

彼からそう促されたからって、言われるままに流されてしまうだなんてありえない。酔っていたからだとしか思えない。

その結果——気づいた時には、シティーホテルの部屋にいて、キングサイズのベッドの上で彼に組み敷かれているという……キスどころか恋の経験さえない彩芽にとっては、夢だとしか思えない驚愕の展開でしかなかった。

だからといって、彼に強引にホテルに連れ込まれたわけでは断じてない。

長年、小柄な体型がコンプレックスの彩芽とは対照的に、背もすらりと高く華やかな容姿をしている、五つ上の姉・咲良(さくら)と比較され続けたせいで、彩芽はずっと女性としての自信を持てずにいた。

そのせいか昔から猫背気味だったし、見た目が少々地味で野暮ったく見えるというのもあったかもしれない。でもこれも彩芽がそう思い込んでいるだけで、咲良とは身長差はあるものの、実際には容姿は劣ってなどいない。咲良が派手系美人だとすると、彩芽は地味系美人といえる。

むしろ咲良を含め、両親や周囲からは小動物のようで可愛いと思われているぐらいである。

勝気な性格こそ姉妹で共通しているが、咲良の方が自由奔放でいささか我儘なところがあった。

というのも、咲良は大学生の頃より読者モデルとして活躍しており、周囲からチヤホヤされてきたせいだ。今では売れっ子モデルとして、雑誌やテレビなどメディアで見ない日がないほどである。

それゆえに彩芽は事あるごとに姉と比較され、幼い頃より周囲の男子から幾度となく「チビ」だと揶揄（からか）われてきた。勝ち気な性格も相まって、彼らに反発するうちにいつしか男子に対して苦手意識を抱くようになっていた。思春期になる頃には揶揄（からか）われることも減り、何人かから告白もされはしたが、自分に自信が持てない彩芽は男性に対して自分から壁を作っていたことに気づいていない。

今では完全に開き直って、恋よりも仕事。

早く一人前のショコラティエールになって、いつの日か自分の店を出し、日本一のチョコレート専門店にしてみせる——そんな無謀な夢を掲げて、ずっと恋愛から逃げてきた。

けれど本当は、心の奥底では誰よりも恋に憧れていたのだ。

友人に彼氏ができるたびに羨ましかったし、いつか自分にも——そんな風に夢見てきた。

だが咲良の存在が厚く大きな壁のように眼前に立ちはだかり、一歩踏み出す勇気が持てずにいただけ。

彼はそんな彩芽の背中を後押ししてくれた。

合コンでの自己紹介の際にも、杜若彩芽という漫画の主人公のような名前を耳にしても、クスリとも笑わなかったのは彼だけだった。

彼は、少し前に失恋したばかりだと言っていた。

失恋で傷ついた心を癒やしたかったのかもしれない。

いや、「かもしれない」ではなく、そうだったに違いない。

彩芽にとっては、決して忘れることのできない大切な思い出だとしても――彼にとっては違う。

だからあの夜のことは、一夜限りの魔法。彩芽はそう自分に言い聞かせていた。

煌びやかな都会の夜景が望める、お洒落なホテルの一室。

神々しいほどにキラキラと煌めく王子様のような彼は、酔っているせいか蕩けるような甘い眼差しで彩芽のことを見遣りつつ、今一度甘やかな声音で囁きかけてくる。

「……ここまで連れて来ておいて説得力ないけど、嫌ならすぐにやめる。だから正直に言ってほしい。今ならやめてあげられるから」

おそらく、これが最終確認だということなのだろう。

ここに来るまで過ごしたバーでオーナーが席を外した際、彼から試してみないかと問われての不意打ちのキス。

初めてのキスは驚きの方が勝っていたけれど、少しも嫌じゃなかった。

今ならわかる。気づいていなかっただけで、この時は既に恋に落ちてしまっていたのだろう。

あの夜はまだ自分の気持ちがわからなくて、何もかもを酔ったせいにして。

「キスも嫌じゃなかったし、駿さんになら何をされても平気な気がします。だから大丈夫です……やめないでください」

「彩芽ちゃん、可愛すぎ。後で嫌なんて言ってきても、もう離してあげないからね」

「ひゃ……んんッ」

彼に素直な気持ちを伝えすべてを委ねたことで、お試しだというのにリップサービスを怠らない、優しい本物の王子様のような、彼とのチョコのように甘やかな夜はこうして幕開けしたのだった。

彩芽の言葉を耳にした刹那。キラキラと煌めくほどに眩い、王子様の甘やかな顔がぐにゃりと歪み、苦しげな声音を響かせる。

「……っ、本当に、可愛すぎだって。そんなに煽られたら、俺……ヤバい」

「あっ、やぁん」

「彩芽ちゃんの声、可愛くてたまらない。だから、もっともっと聞かせてよ」

「やぁだ。は、恥ずかしいぃ……！」

「じゃあ、彩芽ちゃんが恥ずかしいって感じる余裕なんて俺がなくしてあげる。もう俺のことしか考えられないようにね」

彼の言葉は情事限定の常套句だと理解している。

けれどこれから繰り広げられる、彩芽にとっての生まれて初めての行為に、彩りを添えるための美辞麗句だと思えば、特別な響きを孕んでいるように聞こえてしまう。

王子様のような彼がチラつかせる、捕らえた獲物を仕留めようとする雄を彷彿とさせる言動もまた、彩芽の胸を熱くさせた。

彼の形の良い薄い唇が彩芽の急所に狙いを定め、透き通るように白くほっそりとした首筋に、角度を変えては幾度となく食らいついてくる。

きめ細やかな柔肌の表皮を優しく時に激しく啄まれ、その都度微かに不可解な痛みを伴う。

それが所有印を刻む行為だと気づいた途端、言いようのない嬉しさが胸の中にじわりと込み上げる。

だが身体は相反するように、未知への不安からか、彩芽は小さな身を最大限に縮こめ竦ませる。

そんな些細な彩芽の機微までを一つひとつ丁寧に汲み取ろうとするかのように、王子様の大きくて男らしい手が頭を包み込むように優しく撫でながら、耳元に唇を寄せてくる。

「彩芽ちゃん。そんなに怖がらないで。優しくするから、俺のこと信じて」

そうして続けざまに、相も変わらず優しい甘やかな声音で言い聞かせるようにして囁きかけてくる。

――駿さんがこのまま彼氏になってくれればいいのに。そうしたらずっと側にいられるのに……

願ってもどうにもならない思いが胸の中で増幅していく。

彩芽はそんな思いを必死に抑え込む。そして彼を安心させ、滞りなく事を運ぶべく、彼の首に両腕を絡めてギュッとしがみついた。

「初めてでどうしたらいいかわかんないだけです。駿さんのこと信じてますから、続けてください」

　彩芽の言葉を聞いて、彼はピクリと微(かす)かな反応を示して硬直し、一瞬の間を置いてから、ハァと悩ましげな吐息を漏らす。

　どうしたのかと困惑する彩芽の身体は、唐突に彼の細身ながらしなやかな筋肉に覆われた逞しい腕によって、ぎゅうぎゅうと強い力で包み込まれていた。

　しばしの抱擁の直後、解放された彩芽の身体は彼により再度組み敷かれ、先ほどよりも切羽詰まった様子の彼に射るように強く熱い眼差しで見据えられる。彩芽は囚われたようになり、身動(みじろ)ぎさえも叶わない。

「頼むから、そんなに可愛いことばかり言って俺のこと煽らないでよ。手加減できなくなるだろ。これでも俺、彩芽ちゃんのこと大事にしようと必死なんだからさ」

　やはりどこか苦しげな表情の彼の言葉の裏に、彼の憂いが籠められていたことなど、この時の彩芽に知る由(よし)などなかった。

「ちゃんと聞こえてる？」

　無反応の彩芽に焦(じ)れたように、どこか拗(す)ねた声で問い返してくる彼に、ますます愛おしさが込み上げる。

――こんな素敵な王子様みたいな彼が初体験の相手だなんて。本当に夢のよう。

「はい。嬉しいです」

そのことを素直に伝えたのだが、どういうわけか彼の表情はますます困惑の色に染まっていく。

「だから、そういうところだって言ってるんだよ」

「え？　そういうところって、どういう……」

どうやら彩芽の言動が彼を困惑させているようだが、それが何なのか彩芽には皆目見当がつかない。

「彩芽ちゃんは何を言っても可愛いってこと」

彼から返ってきた不可解な解答にも、目を白黒させるだけだ。

そんな彩芽のことを悩ましくも熱っぽい眼差しで見下ろしている彼の、つぶらな漆黒の瞳がキラリと怪しく煌めいた。かと思った時には、彩芽の身に着けていた彼とお揃いのバスローブのあわいが大胆にはだけられていた。

つい先日まで桜の花が綻んでいた春の季節だとはいえ、数分前にシャワーを浴びたばかりの肌が外気に触れるとひんやりとする。

そのせいか、まろび出た彩芽のお世辞にも大きいとは言い難い、それでも形の良い胸の膨らみの中央、まだ誰にも触れられたことのない柔らかな新芽のような頂がツンと主張しており、それがどうにも恥ずかしい。

「キャッ……待って」

あまりの羞恥に彩芽が思わず放った懇願は、少々意地悪さを増した彼に聞き入れてもらえず終いだった。

それだけではない。

彼は、やはりこういうことに慣れているのだろう。常に女性が喜ぶ台詞を欠かさなかった。

「悪いけど、もう待てないよ。それからこの手も邪魔。そんなんで俺のものになる気、あるの？」

独占欲を思わせる王子様の甘やかな言葉に、彩芽は戸惑いつつも喜びを噛みしめ、酔いしれていく。

「……え？」

「あー、もう。何もかも可愛すぎだって」

解けない魔法にかかってしまった彩芽には、どれもこれもがまるで媚薬のように作用してしまう。

やがて恥じらいを見せる彩芽の胸元を隠すための手は彼により身体の横でベッドに縫い止めるようにして固定され、代わりに彩芽の胸は彼の大きな手のひらで優しく包み込まれていた。

当然だがそれだけでは済まされず、ふにふにと揉み込んで淫らな形へと変えていく。

彩芽の無防備な唇のその間からは、自身のものとは思えない鼻にかかったような、悩ましくも甘やかな吐息が零れ始める。

「はぁ……や、あぁんっ」

彼の手のひらが胸の膨らみを鷲掴み、ふにゃふにゃと翻弄するたびに硬い芯を持った敏感な場所が擦られ、なんとも甘やかな痺れをもたらす。

同時に、ゾクゾクとする感覚が背筋を這い上がってゆく。

その痺れが徐々に増幅し、やがて離れた下腹部の奥が不可思議な熱を持ち始める。

初めて味わう感覚に思わず両膝を擦り寄せた彩芽は、足をもじもじさせることで堪えた。

そんなことに気を取られている彩芽の隙でも突くようにして、いつしか彼は胸に顔を埋め——

「ひゃ……あぁんっ」

熱くねっとりとした彼の舌がぷっくりと膨れほんのりと赤みを帯びた乳首に絡められ、チロチロと微細な動きで捏ねて転がすように刺激し始めた。

はじめはくすぐったさの方が勝っていたが、彼に執拗に敏感なポイントばかり攻められるうちに甘やかな痺れへと変貌を遂げ、彩芽の半開きになっている唇の間からは、甘えるような艶めいた吐息と声とが零れ始める。

「や……はぁ、んッーー」

「ダメだよ」

たちまち羞恥に苛まれた彩芽が咄嗟に手で口を覆うことで声が漏れるのを防ごうとするも、彼の少し拗ねた声と手とでやんわりと制されてしまう。

彼の言動にすっかり酔いしれていたはずが意地悪をされてしまったことにムッとして、彩芽は彼に抗議の視線を送ることで抵抗を露わにする。

彼は宥めようとするかのように、チュッと彩芽の額に優しく口づけてきた。そうして甘やかな声音で耳元に囁く。

「彩芽ちゃんの声、とっても可愛いから。だから我慢しないで聞かせてほしい」

こういうことに慣れている彼に対して、無性に腹立たしくなってくる。

そんな心情が言葉となって口からも零れていた。

「もう、やだ……」

「俺のことが嫌？」

どうやら彼は、思い違いをしているようだ。

それに表情だって心なしか悲しげに見える。

——お試しだって言ったくせに。意地悪だってしたくせに。どうしてそんな表情するのよ。

心がぐらりと揺らいだ。一瞬、絆されそうになったけれど、ぐっと堪えしのぐ。

彼はこういうことに慣れているだけでなく、お芝居も手慣れているのかもしれない。

——一体これまでどれほどの女性を相手にしてきたのだろう。ダメダメ。考えるだけ無駄だ。

だって、これは一夜だけのお試しなのだから。

妙な期待をしてしまう前に、さっさと終わらせなければ取り返しがつかなくなってしまう。

そう思っている時点で既に手遅れなのだが、この時にはまだ自覚がなかったのだから仕方がない。

「恥ずかしいから嫌だってことです」

行為を全うするべく放った彩芽の言葉に、彼はキッパリと言い切った。

「なら、やめてあげない」

これには少し唖然となりつつも、彩芽も負けてはいられないとばかりに、ついつい強い口調となってしまう。

「意地悪なんですね」

それなのに……彼は思いの外真剣な眼差しで彩芽のことを真っ直ぐに見据えてくる。

「だって俺、彩芽ちゃんのこと、もっともっと知りたいって思ってるし。それに俺のことが嫌なわけじゃないみたいだから、俺のことも知ってほしいしね。だからやめてあげない」

心から彩芽のことを知りたい。そう言われた気がして、心臓がドクンと大きく跳ね上がる。

だが悠長にときめいている時間など与えてはもらえなかった。

「あっ、ちょっ……そんなとこ、やーだぁ……！」

バスローブを見る間に剥ぎ取られ、素っ裸にひん剥かれた挙げ句に、両足を大胆に押し開かれ、誰にも晒したことのない恥ずかしい場所に顔を埋められてしまったのだ。

瞬間、チュッという可愛らしい音が辺りにこだました。

その音とは対照的にいかがわしいことをしたというのに、どうしてこんなにも彼は爽やかなのだろうか。やはり王子様然とした見かけゆえなのだろうな……などと呑気に思っているうちはまだ余裕でいられたが、それもここまでだ。

まだ開花していない花芽に口づけを落とした彼は、彩芽を上目遣いに見つめてくる。

彼の微かに紫がかって黒く澄んだ瞳も甘い容貌も、欲にまみれた雄の匂い立つような色香を纏っており、彩芽の視線だけでなく心をもしっかりと捉えて離さない。

彩芽の胸の鼓動がドクドクとうるさいぐらいに騒ぎ始める。

獰猛な百獣の王に仕留められてしまった草食動物にでもなった心地だ。

だが不思議と恐怖心はない。

彼とのキスで解けない魔法にかかっているせいか、彼にならすべてを委ねてもいいとさえ思っている。そこに羞恥がないと言えば嘘になる。

けれどその羞恥さえもがスパイスのように作用して、彼に加勢でもしているかのように、彩芽の身体は甘い痺れによって支配され、彼にキスされたところは既に恥ずかしいほどに潤っている。

その感触が気にかかってどうしようもない。

初めてなのに、もしかして自分はおかしいのだろうか……？

彩芽が密かに不安になっていると、絶妙なタイミングで彼の甘やかな声音が耳に流れ込んできた。

「それに安心して。彩芽ちゃんは、どこもかしこも綺麗で美味しそう」

「そっ……そんなわけない」

反論しつつも、たちまち彩芽の胸は温かなもので満たされてゆく。

自分でも見えない場所だし綺麗なわけがない。ましてや美味しいはずもないのだが。彼にそう言われると途端に安心できるのはなぜだろう。

「嘘だと思うなら、それを今から証明してあげる」

安堵しかけた彩芽の元へ嬉々として放たれた、彼からの意味深な台詞を最後に、こういう行為に慣れている彼に憤り、覚めかけた夢に再び誘われるようにして、彩芽の視界は霞でもかかったように、白くぼやけて覚束なくなっていく。

優しくも容赦のない愛撫が施され、初めて味わう甘やかな快楽の狭間。彩芽がイヤイヤと首を左右に振って意思表示するも、彩芽の頑なな心同様に硬く閉ざした秘めたる場所を解すのに夢中な彼には、最後まで聞き入れてもらえず終いだった。

「あっ、やん……あぁっ……」

代わりに、彩芽のすべてを暴くようにして、長く節くれ立った彼の指が蜜口の奥の襞を引っ掻くように幾度も蜜をグチャグチャと掻き出し攪拌する。

お洒落なホテルの一室には、ぴちゃくちゃと、淫猥な水音が立ち込め始める。

その合間も、彼のもう片方の手は彩芽の小さな身体の至るところに這わされており、柔らかな肌の感触を味わい尽くすかのよう。

また彼の形の良い薄い唇や滾るように熱くざらついた舌では、彩芽の唇や口腔はもちろん、上気し汗ばんだ首筋や鎖骨やその窪みに……と順に隈なくゆっくり丁寧に辿ってゆく。

その様は彩芽のすべてを貪（むさぼ）ろうとするかのよう。

ずっと余裕そうだったけれど、少しは興奮してくれているのかもしれない。

見かけは相も変わらず王子様然としているが、時折漏らす息遣いも随分と荒々しくなってきた。

そんな本能を剥（む）き出しにした彼の雄を思わせる雄々しい姿に感化されたのか、彩芽の気持ちと官能とが体温と一緒にどんどん高められてゆく。

彼から本当に愛されているのではないか、という錯覚に陥りそうになったほどだ。

はじめこそあった異物感と圧迫感もいつしか薄れ、彼の丁寧な愛撫によりもたらされる甘やかな痺れがより一層甘美なものへとなってゆく。

その頃には彩芽はくたりと脱力し、身も心も何もかもが蕩（とろ）かされていて、思考も覚束なくなっていた。

ふいに甘やかな愛撫が止まり、彩芽はベッドにくたりと身体を投げ出す。胸を上下させ浅い呼吸を繰り返しながら、涙でぼやけた眼で彼のことを窺（うかが）い見る。

その瞬間、彼の瞳と視線とが交わり、彩芽の鼓動がドクドクと急加速する。

それらが彼にまで聞こえるのではという懸念を抱くまでもなく、彼の整った甘やかな容貌が眼前にぐいと迫ってくる。

急展開に彩芽の心臓が止まってしまうのではないか、と本気で案じるほどだった。

互いの鼻先が微（かす）かに触れ合うほどの至近距離に、彩芽が呼吸も忘れているというのに、彼は小憎らしいほど涼しい顔をしている。

これも慣れているせいかと、彩芽が人知れず自身と彼との経験値の差に落胆しかけたと同時に、彼がニッコリとこの場にそぐわない笑顔を綻ばせた。

笑顔一つでこんなにも容易く彩芽の心を虜にするなんて、彼はどれほどのプレイボーイなのだろうか。

——きっと、何人もの女性ともこういう一夜限りの夜を過ごしてきたのだろう。私のことなんてすぐに忘れちゃうんだろうな。

思考に耽る彩芽のぼんやりとした視界の中、彼が微かに首を傾げ、表情と同じ心配そうな声音で恐る恐るといった様子で尋ねてくる。

「大丈夫？」

「……あっ、はい。あんまり気持ち良くてぼーっとしちゃってました」

「よかった」

彩芽の返事を耳にした刹那。彼は心底ホッとしたようにそう呟いて安堵の息を吐き、先ほどよりも嬉しそうににこりと微笑んだ。

艶を増した彼の笑顔に目を奪われ、またもや魅入られたように囚われてしまう。

視界に涙の膜が張っていたのが徐々に晴れていく。クリアになった視界の中で彼は、最終確認を取ってきた。

「今から彩芽ちゃんのことを俺だけのものにするけど、覚悟はいい？」

もうこれほどのことをしておいて今更だとも思うが、初体験の彩芽への気遣いを怠らない。そんな彼の真摯な対応に、彩芽の心はますます惹きつけられる。

――何だかお姫様にでもなった気分。夢ならもうこのまま覚めずにいてくれたらいいのに……

彩芽は夢心地の中で彼に向けてコクンと顎を引くことで意思表示して見せた。

その途端、彼は心底嬉しそうに微笑むと彩芽の華奢な身体を抱き起こし、思っていた以上に逞しい胸板へと抱き寄せる。

「俺、彩芽ちゃんのこと大事にしたいって思ってるから、少しでも痛かったら無理せず言ってほしい」

彼の纏っているバスローブ越しに、甘やかな台詞と温かなぬくもりと心地良い心音とが一緒に伝わってくる。

そのすべては媚薬のように作用して、彩芽の心の奥底にまでじんわりと染み入ってゆく。

感極まってしまった彩芽は、小さく「はい」とだけ答えて、彼の広い背中に両腕を目一杯広げてギュッとしがみついた。

すると彼に、骨が軋むほどの強い力で抱き竦められ。

「あー……ヤバい。もう、可愛すぎだって」

彩芽の耳元に、昂ってしまった感情をなんとか押し殺そうとする彼の苦しそうな声音が投下された。

これも情事に彩りを添えるための常套句に違いない。なのにこんなにも嬉しいだなんて、やはり酔っているからなのだろう。

だったら今だけ――今だけは、彼との甘やかなひとときに酔いしれていたい。

彩芽のささやかな願いが通じたのだろうか。彼から思いがけない熱烈な台詞が届いた。

「彩芽ちゃん。俺、彩芽ちゃんのことが好きだ。もうこのままずっとこうして腕に閉じ込めておきたいくらいだよ」

「……」

思いがけないどころか、寝耳に水。いや、青天の霹靂（へきれき）。あまりに現実味のない言葉だったために、彼にしがみついたまま硬直した彩芽は驚きすぎて二の句が継げなかったほどだ。

彼にしてみれば、反応がない上に、微動だにしない彩芽のことを不思議に思ったのだろう。

彩芽の身体をゆっくりと腕から解放した彼が顔を覗き込んでくる。そして――

「ダメ？　俺のこと、嫌い？」

恐る恐る不安そうに窺（うかが）ってくる。

これも、彼の常套句なのだろうか？　女性をその気にさせるための殺し文句的な……

彼の漆黒のつぶらな瞳をじいっと食い入るように見つめてみる。

とても嘘を吐いているようには見えない。

もしかしたら酔っているせいで、自分に都合良く聞こえているだけかもしれない。

――それでもいい。今この瞬間だけは彼のことを信じたい。

出会ってまだ二度目だとか、一緒に過ごしてまだ数時間しか経っていないだとか、そういうことはどうだっていい。

「駿さんのことが、好きです……」

気づいた時には、ふるふると何度も首を左右に振って、素直な想いを紡ぎ出していた。

「よかった」

彩芽の想いを聞き届けた彼が心底嬉しそうにそう口にする。眩(まばゆ)い笑顔を綻(ほころ)ばせた甘やかな容貌は、残念なことに涙でぼやけていた。

けれどこの夜の記憶は大事な宝物として、今も彩芽の胸の奥に色濃く残っている。

それほどに、彼と過ごした夜は甘美なものだった。

その後、彼は彩芽の身体をベッドにそうっと横たえて避妊具の準備を済ませると、いよいよその時を迎え、彩芽の緊張感は極限状態。

「彩芽ちゃん、大丈夫だよ。痛ければすぐにやめるから」

彼は余裕がないながらも、なんとか彩芽を少しでもリラックスさせようと終始優しく気遣ってくれていた。

不安と緊張でガチガチになった彩芽の身体を優しく解(ほぐ)すようにして、甘やかなキスの雨を降らせながら、そうっと優しく頭や身体を絶えず撫で続けてくれたおかげで、破瓜の痛みにも耐え、なんとか彼のことを受け入れることもできたし。

何より彼と触れ合い、彼と深いところで一つに結ばれたことが、これ以上にないほどに幸せだった。

彩芽と深く繋がり合った彼はしばらくの間動かず、彩芽の身体を大事そうに逞しい腕に包み込んだままでいてくれた。

幸せを噛みしめている彩芽と同じ想いでいてくれているようで、それさえも嬉しくてどうしようもなかった。

「はぁ……うぅっ」

しっとりと汗ばんだ互いの素肌を通して、時折悩ましげに吐息を漏らす、余裕のない彼の鼓動が心地良く伝わってくる。彼が気持ち良くなってくれていると思うと、それだけで言いようのない喜悦が押し寄せてくる。

同時に彩芽の知らない彼のことをもっともっと知りたいという想いが膨らんでもいた。もっと余裕をなくした彼の姿を見たいと思うのに、彩芽を気遣うあまり動こうとしない彼に焦れた彩芽から、

「もう平気です。それにこのままじっとしている方が辛いです。だから、駿さんの好きなようにしてください」

そう言って促したほどだ。

すると彼は切羽詰まった様子で、彩芽を狂おしいほどの熱視線で見下ろしながら、余裕なく言い放つ。

「だから、そんな風に可愛いこと言わないでって言ってるだろう。ただでさえ理性をなくして、彩芽ちゃんのことをめちゃくちゃにしてしまいそうで怖いのに。もうどうなっても知らないから」

おそらく不慣れな彩芽に合わせて甘やかだった口調から、少々粗野な口ぶりへと様変わりしていた。

それだけ彼が我を忘れて興奮しているということだろう。

そんな彼の些細な変化でさえも、彩芽の胸を打つ。

彼をそうさせているのが自分なのだと思うと、胸がいっぱいになる。

――駿さんになら何をされても構わない。好きにしてほしい――

彼への想いに突き動かされた彩芽は羞恥も忘れ、彼の身体に足を絡めてギュッとしがみつく。

たちまち膣内に受け入れた彼自身がドクンと大きく拍動する感触がして、彩芽の胸をなおも熱くさせる。

もう胸どころか、どこもかしこもいっぱいで苦しいくらいだ。

余裕をなくした彼は彩芽の想いに応えるかのように、彩芽の小さな身体をぎゅうと抱き込み唇に食らいつくように深く口づけてきた。

熱い舌を捩(ね)じ込まれ、チロチロと口蓋をくすぐり、舌を搦め捕り、チュチュッと吸い立てられる。

もうそれだけで彩芽はどうにかなってしまいそうだ。

散々、彩芽の口腔をあますことなく蹂躙した彼は、甘やかな相貌に玉の汗を迸らせ苦しげに呻くと、彩芽の腰をぐいと引き寄せ交わりを深める。あたかも蜜洞の奥へ奥へと淫刀をズンズン突き入れ穿つようにして、腰の動きを加速させた。

激しく揺さぶられる彩芽の肌と彼の肌とがぶつかり合うパンパンという打擲音と、ドチュッドチュッ……とどちらのものとも判別できない夥しい体液が飛び散る音が部屋に充満する。

いつしか彩芽がわずかに保っていた羞恥も理性も意識も何もかもが薄れきっていて。ただただ彼に必死になって縋りつくようにしてしがみついていることしかできない。

けれどもそれは彩芽だけではないのかもしれない。

彼も何かを必死に堪えるように、眉間にいくつもの皺を刻んで愉悦に抗っているように見える。

頭の片隅でそんなことを思考しつつも、余裕をなくした彼の起こす甘美な快楽という大きな波の狭間で抗うこともできずに揺蕩い続ける。

興奮しきった獣が咆哮を放つように呻きながら、怒濤の律動を繰り出す彼の荒々しい息遣いに紛れて、彩芽の悲鳴にも似た嬌声がひっきりなしに飛び交っていた。

「あっ、やあぁん……あああぁっ」

そのうち彼の律動がどんどん加速し彩芽の意識が途切れ遠ざかっていく狭間で。

――このまま彼と一緒に溶け合って一つになれればいいのに……

人知れず心の内でそう願っていた彩芽の身体がぎゅうぎゅうと彼によって抱き竦められる。

「っ、はぁ、あや……め。彩芽ッ……好きだ……！」

譫言のように名前と甘い愛の言葉とを繰り返す彼に熱烈なキスで骨抜きにされてしまったのを最後に、彩芽の意識はプツリと途絶えていた。

＊　＊　＊

翌日、目を覚ました彩芽の隣には、当然のことながら甘やかな夜を共にした彼がいた。

「おはよう。身体大丈夫？」

「お、おはよう……ございます。はい、平気です」

彼の視線とかち合った刹那。寝起きだというのにやけに爽やかな笑顔と共に身体を気遣ってもらい、その凄まじい破壊力に心臓がドキンと大きく跳ね上がる。

危うく心臓麻痺でも起こすのかと案じたが、おかげで夢ではなかったのだと実感することができた。

彼の寝起きのせいか微かに掠れた低めの声音にも、ドキドキさせられもした。

夢のように素敵な甘やかな夜同様、気恥ずかしくも甘酸っぱい素敵な朝だった。

その後も、ルームサービスではあったが美味しい朝食を一緒にゆっくり味わいながら、彼のことや二人のこれからの話までしてくれた。

実は彼が全国の百貨店をはじめ世界にも進出している、誰もが知るあの老舗高級チョコレートブランド「YAMATO」の社長の息子、つまり御曹司であること。

先月の三月まで修業のために、全国の百貨店に出店している各店舗で取り扱う商品の開発に携わっていたこと。

そこまで聞かされた彩芽は、これまで彼と一緒に過ごした、短い時間の中で知り得た数少ない情報と照らし合わせて、うんうんと頷いて納得する。

——なるほど。だから毎週ガナッシュを……それにチョコに詳しいわけだ。

感心しきりだった彩芽の視界の中で、先ほどまで淡々と説明をしてくれていたはずの彼の表情がガラリと変化した。そして彼の表情同様に、えらく真剣な低い声音が届いたことで、彼の今置かれている現状を知ることとなる。

現在、彼はMBAの学位取得のためビジネススクールへの入学申請の真っ最中で、その準備のために日本とアメリカを往き来していること。

五月には書類審査の結果が出るそうで、合格後は入学に向けての諸々の手続きや準備のためにすぐに渡米し、そのまま滞在すること。

そして、その予定期間は三年。

「絶対にその期間で取得して日本に戻ってくる。だからそれまでの間、待っていてほしい」

彩芽が彼からの突然の申し入れに、驚きを隠せずに目を大きく見開いたまま硬直していると、彼は怖いくらいに真剣な表情でこうも言ってくれた。

「出会ってすぐにこんなことしておいて、信じてもらえないかもしれないけど。俺、本気だから。彩芽ちゃんとこのまま終わりになんてしたくない。俺と真剣に交際してほしいんだ」

　本当に夢のようなひとときだった。

　そして彼は徐に都内でも名の知れた「光石総合病院」の院長の氏名が記された名刺を彩芽に渡してこう言った。

「それから昨夜のことなんだけど、もしものことがないとも言い切れないから、気になるならこの病院で受診して。もしもの時は絶対に責任を取るから、安心してほしい」

　この発言には心底驚いたが、彼にしてみれば、一夜を共にした彩芽に対して責任を感じての発言に過ぎなかったのかもしれない。けれど、彼にここまで真摯に対応してもらえたことがどうにも嬉しくて、あやうく泣きそうになったほどだ。

　そんな思いもあったが、この状況が信じられないという気持ちの方が大半を占めていたのもあったし。何より恋の経験さえなかったのだ。

　彼に対するこの感情が流されたゆえの一時的な感情ではないという確証など持てなくて、結局は「少し考える時間をください」そう伝えて保留にしてもらった。

　だが断るつもりなど微塵もなかった。

それほどに、彩芽にとっては彼と初めてキスを交わしてから、あたかもずっと解けない魔法にでもかけられてしまったかのような、幸せな心持ちだったのだ。

そうして迎えた彼との約束の日——あの夜からちょうど二週間後、彼が渡米する前日。

「待っています」

直接会ってそう返事をするつもりでいたけれど、いつまで経っても現れない彼に待ちぼうけを食らってしまった、あの日を迎えるまでは——

翌日、何か来られなかった事情があったのではと、空港に向かい彼と会って真意を確かめようと思ったのだが、彼の隣には姉の咲良と同業のモデルかと見紛うほどの綺麗な女性の姿があった。二人が醸し出す親密そうな雰囲気に彩芽は動揺して逃げ帰ってしまい、以来彼とはそれきりだ。

それから一ヶ月ほど経った頃、妊娠が判明した時にはひどく驚いたし正直不安もあったけれど、心底嬉しいと思った。

彼と過ごしたあの夜は夢ではなかった、あの夜は確かに彼に愛されたのだという何よりの証に思えたし、産まないなんて選択肢は考えられなかった。

実際にこの子が生まれてからも、日増しに彼に似てくる子どもと過ごす中で、やはり彼にも何か事情があったのかもしれない。あの女性だって、見送りに来ていた友人だったのかもしれない。振られてもなお、そんな都合の良すぎる考えを拭いきれずにいた。

あれからもう三年以上が経つというのに、未だにあの夜の魔法は解けないままだ。

2　シンママショコラティエールと可愛い王子様

「それじゃあお姉ちゃん、翔のことよろしくお願いします」

「……はぁい、いってらっしゃ～い」

午前六時。出勤のため既に身支度を調えた彩芽がリビングに入ると、ダイニングのソファで姉・咲良が気怠そうに半身を起こすところだった。朝方帰って来てうたた寝でもしていたのだろう。眠気で目をしょぼつかせる咲良に愛息を託すと、そのままエントランスへ向けて足を踏み出した。

ショコラティエールの朝は早い。

そのため彩芽は、二歳になって半年ばかりの可愛い盛りの我が子・翔がまだ夢の中にいる間に家を出なければならない。

本当はもっともっと翔と一緒にいてあげたいし、この春入園した保育園にだって連れて行ってあげたい。

彩芽の転職に伴い入園して、ちょうど三ヶ月になる。入園当初はまだまだ寝足りなくてグズる翔をなだめすかしながら登園準備をして出勤前に保育園へ送り届けてから職場へ向かっていた。

だが生活環境がめまぐるしく変化したせいか、寝入ってしばらくすると大きな声を上げたり、火がついたように泣き出したり、手足をばたつかせて暴れたりするようになった。

かかりつけの小児科医に相談したところ、睡眠中に恐怖や興奮で覚醒してしまうという、子どもに多い睡眠障害、夜驚症（やきょうしょう）だと診断され、生活環境の変化に伴うストレスが原因ではないかと指摘された。

以来、家庭環境の整備を勧められ、職場近くのアパートから同じく都心の高級タワーマンションで暮らす姉の咲良の元に身を寄せている。

というのも、彩芽の実家は創業百年あまりの歴史を有し、新宿本店を拠点に全国展開している有名百貨店・暁（あかつき）を経営していて、祖父が昔気質で厳格な人であるため、相手の名前も告げないままシングルマザーになるなんて許すはずもなかった。

翔の父親のことをあれこれ詮索されるのに堪（た）えかねた彩芽は、出産を待たずに、早い話が勘当同然で家を出たのである。

世間一般で言うところの一夜の過（あやま）ちで子どもを授かってしまった、というのも言い出しにくい要因ではあったが、相手である彼のことを言い出せずにいたのには、他にも理由があった。

実家が経営する暁は、全国の百貨店の中でも歴史も古く知名度もあるのだが、ここ数年売り上げが伸び悩んでいる。

その背景には、ここ数年で飛躍的に売り上げを伸ばし続けている、競合他社である老舗高級チョコレートブランド「ＹＡＭＡＴＯ」の存在があったからだ。

景気の低迷で一時期は業績不振に陥っていたらしいが、ＹＡＭＡＴＯは現在の会長が打ち出した様々な戦略が功を奏し、チョコレートは元より、富裕層をターゲットにした高級腕時計や宝飾品、オーダーメイドのスーツ等、独自のブランドを高め、日本のみならず海外にまでその名を知らしめた。

今では日本の「革新的企業」ランキングのトップ３に位置づけられているほどである。

祖父はかねてより古いしきたりを重んじてきた頭の固い人種なので、事あるごとに革新的な改革を打ち出してきたＹＡＭＡＴＯを敵視してきた。

まさか子どもの父親がそのＹＡＭＡＴＯの御曹司だなどと口が裂けても言えるわけがない。

そういう意味でも、元々彼とは縁がなかったのかもしれない。

三年前、一度は彼を待つと決めた時から、遅かれ早かれいずれはこうなるだろうとは思ってはいたし、翔を産むと決めた時から実家とは距離を置くのも覚悟の上だった。

家を出る際には、祖父の手前大したことをしてやれず申し訳ないと言いつつも、両親から当面の生活に困らないようにと出産祝いを渡された。それは有り難く受け取ったが、お腹の翔のためにと今でも手をつけずに定期預金にしてある。

幸い経済的に恵まれた環境で育ったので、子どもの頃からの貯金もあった。それに姉が身元保証人になってくれたおかげでアパートも借りられた。

出産も超がつくほどの安産だったと、年配の産婦人科医からも太鼓判を押されたほどだ。

精神面や体調面で不安定になりがちな産後も、陰ながらサポートしてくれた両親や姉のおかげでなんとか乗り切れた。

出産以前から勤めていた店は出産を機に退社せざるを得なくなったが、未熟ながらもショコラティエールという専門職に就いていたおかげで、産後だというのにすぐに再就職もできたし、こうしてなんとか生活も成り立っている。

本当に有り難いことだし、自分は恵まれていると思う。

けれど、実際にシングルマザーとなって、自分の命よりも大事な我が子に問題が発生してしまった時には、心細くて挫(くじ)けそうだった。

――やっぱり母親だけでは頼りないのかな？　そのうちどうして父親がいないのかと疑問に思う日が来るのかな？　その時にはどう答えればいいのかな……こんな頼りない母親でごめんね。

連日のように夜中に泣きじゃくる翔を抱きしめあやしながら彩芽が途方に暮れていた時、心配して仕事の合間に様子を見に来てくれていた咲良が見かねて一緒に住もうと声をかけてくれた。

これまで姉に対してコンプレックスを抱いていたが、それでも小さい頃から何かと可愛がってくれて、今もこうして困った時に手を差し伸べてくれる姉には感謝してもし足りない。

何より、目に入れても痛くないほど愛おしくてどうしようもない翔の存在が、彩芽に頑張ろうという気力を与えてくれた。

だから今もこうして大好きなショコラティエールの仕事も続けることができている。

彩芽が働いている分、翔には寂しい思いをさせているという自覚もある。

そんなこともあり、平日は他の従業員よりも早く出勤し、その分退社を早くしてもらっている。

朝が早いと通勤時も混雑を避けられるという利点はあったが、体力的にキツいのも事実だ。

けれど、翔がいてくれるなら何だってできる。

彼――駿が約束のあの日来なかったことに事情があったとしても、今は彼のことを考えているような余裕なんてない。

父親がいない分も一人で頑張って、翔を立派に育てていかなければならないのだから。

彩芽は彼への想いをそっと大事に胸に秘め子育てに仕事にと励む日々を送っていた。

＊　＊　＊

姉のマンションがある麻布から職場のある銀座まで、電車で約十五分。混雑のない車内の入り口側の座席に腰かけ目を閉じる。束の間の仮眠を取っていると、あっという間に最寄り駅に着いていた。

人の流れに沿って降車し改札を抜ける。地上に出て見慣れた都会の街並みを五分ほど歩いて裏通りに入ってすぐ、レンガ造りの可愛らしいチョコレート専門店「ボヌール」が見えてくる。

フランス語で幸せという、そのままの意味通り、チョコレート職人が丹精込めて作った美味しいチョコレートを食べて幸せなひとときを堪能してほしい。そんな思いから、この店のオーナー兼店長の葛城（かつらぎ）が名付けたらしい。

葛城は両親と同年代である五十代で、彩芽にとっては頼れる父親のような存在だった。

いつものように店舗の裏手にある従業員専用の通用口から奥のロッカールームへと向かい、作業着である白と黒のシックなモノトーンのコックコートに着替える。黒いコックタイを締め、最後の仕上げに肩口すれすれの茶色がかった柔らかい髪を後ろで一つに束ねて準備完了。

姿見の前で身だしなみをチェックしてから、厨房へと足を踏み入れる。

そこにはいつものように、一番に出社して既に作業中の先輩ショコラティエ・冴木一太（さいきいちた）の姿があった。

冴木は製菓専門学校時代からの一つ上の先輩だ。

昨年末から再就職先を探していた彩芽に、ちょうど求人が出ていると言ってこの職場に誘ってくれたのが冴木だった。

チョコレート好きの彩芽と同じくいつか自分の店を持ちたいという夢を持っていて、とても勉強熱心な先輩だ。

翔が一歳になった頃から洋菓子店などで短期のアルバイトはしていたものの、任せられていたのは下準備や売り場ばかり。ショコラティエールとして二年近くものブランクがあった彩芽の勘が戻るまで根気強く指導もしてくれた。

　採用された当初は、翌日に使用するチョコレートの計量や、溶かしやすくするために刻んだりといった下ごしらえやラッピングなどの雑用が主だった。それが今では、一部の商品に限ってだが。仕上げとなる、溶かしたチョコでのコーティング。チョコレートを作るのに一番重要な工程である、テンパリングを任せてもらえるまでになっている。

　楽しいことばかりではないが、大好きなチョコレート作りに毎日携わっていられるのが嬉しくてしようがなかった。

　おそらくそんな気持ちが表情にも出ていたのだろう。

「おはようございます！」

「おー、彩芽。おはよう」

　彩芽が明るい声で挨拶をした途端、いつものように作業していた手を止めた冴木が笑みの交じった朗らかな声で出迎える。

　かと思えば、前日作っておいたガナッシュの仕上げ作業に取りかかろうとしていた冴木から、これまたお決まりの軽口が飛び出した。

「今日もまた随分と張り切ってんなぁ、彩芽は」

　お互いマスクを着用しているため細かな表情までは窺（うかが）えないが、少し垂れ気味の目元に深い笑いじわを刻んだ冴木は心底楽しげだ。

チョコレート職人は、その日の気温や湿度といったちょっとした環境の変化によって、微妙に味が異なってしまう、とてもデリケートなチョコレートを毎日扱わなければならない。

安定した味と品質を保つためには、性質を熟知したきめ細やかな作業と熟練した技術が必要になる。

作業にも技術を保つためにも体力が必要になる。

もちろん積み重ねた経験も大事だが、そのためにも体力が欠かせない。

ただでさえ男性には体力で敵わないというのに、日々の育児と仕事との両立で手一杯な彩芽にとっては、それが大きなネックだった。

それでなくとも、子どもは体調を崩しやすい。保育園に通い団体行動をしていれば尚更だ。いつ保育園から連絡があるとも限らない。

店長も他の先輩たちも、シングルマザーである彩芽のことを気遣ってはくれているのだが、だからこそ、子どものことで迷惑をかけたくはない気持ちもある。

そのせいか、余計にしっかりしなければと、常に肩に力が入っているような状態でもあった。

けれどこうして職場で大好きなチョコレート作りに励み、冴木や他の先輩たちと他愛ないやり取りをしている間は、シングルマザーゆえの様々な不安も忘れ、いい気晴らしにもなっていた。

最愛の息子に出会えたこと以上の幸せはなく、シングルマザーといえど子どもを産んだことに後悔はない。

だが彩芽からすると、冴木のように男性で体力もあり、加えて仕事だけに打ち込める身軽な独身をふと羨ましく思うのも事実だった。

朝から揶揄（からか）われ、少々ムッとしてしまった彩芽は冴木に負けないぐらいの軽口を返す。

「それいっつも言ってますけど、普通だと思うんですけど」

「チョコが好きで好きでたまんねーって顔してるし」

「そんな顔してますかね」

「してるしてる。子どもの頃から夢だったショコラティエールとして働けるのが嬉しいからって、あんまり無理すんなよ……つっても無理か。彩芽は可愛い翔と大好きなチョコのことになると目の色が変わるもんなー」

何やかんや言って揶揄（からか）われたりもするが、最後にはこうしてさり気なく気遣ってもくれる。姉しかいない彩芽にとって、冴木は頼りになる兄のような存在だった。

「大丈夫ですよ。先輩より若いんですから」

「お前な、年寄り扱いすんじゃねーよ。たったの一歳しか違わねーんだからさ」

「ふふっ、冗談ですよ。すみません」

年寄り扱いされて拗（す）ねる冴木は、枠から外し一口大に切ったガナッシュのコーティング作業――トランペの最中だったため、二股タイプのチョコレートフォークを高く掲げて彩芽のことを威嚇する体勢を取っている。

対して彩芽は、軽く頭を抱えて身を伏せ、降参のポーズを取って見せた。

その頃には店長を筆頭に他の先輩ショコラティエ含めて五名全員が揃っており、「あいつらまたやってるな」という温かな視線で二人を見守ってくれている。

始業時間は八時だが、今日は近くの百貨店での催事で、限定商品を販売することになっている。そのため、出勤を七時に早めたのだ。

売り場は、アルバイトの女子大生とパートタイムの三十代の主婦と店長夫人三名の交代制になっている。

そんな中、降参のポーズで笑み交じりに謝罪する彩芽に、ふうと呆れたような笑みを零(こぼ)した後。すっと笑みを引っ込めた冴木が心配そうに問い掛けてくる。

「で、昨夜はどうだった？　大丈夫だったのか？」

翔の夜驚症のことだ。

「おかげさまで、最近はぐずることも減ってきて、今日は朝までぐっすりコースでした。といっても起きる前に姉に託して出てきましたけどね」

ゆっくり体勢を整えた彩芽がニッコリ笑って返せば、冴木もようやく安堵の息を吐く。

このやり取りも、ここ最近の朝のルーティンになりつつあった。

というのも、冴木には五歳離れた妹がいるせいか、とても面倒見がよく、シングルマザーとなった彩芽のことを本当の妹のように気にかけてくれていた。

翔の父親については話してはないが、冴木も何か事情があるのだと察してくれているようで、詮索されたことは一度もない。

そのせいか翔のことも彩芽同様に気にかけてくれていて。チョコレート職人としての勉強をかねて、月に一度ないし二度ほど、翔も連れてショコラトリー（チョコレート専門店）巡りに連れ出してもくれていた。

チョコレート職人には、繊細な感覚だけでなく芸術的なセンスも必要になる。

洋菓子の中でも特にチョコレートは、日常的に楽しむものというよりも、大切な人への贈り物だったり、頑張った自分へのご褒美だったりと特別感を求められるジャンルだ。

味は当然だが、趣向が凝らされた美しい見た目などの工夫も楽しみの一つに違いない。

そんな特別感を味わってほしくて味はもちろん、色や形、ラッピングにも拘って、一つひとつ丁寧に仕上げている。それには、美的センスが必要だ。

センスを身につけるためには、たくさんの店に足を運び、実際に自分の目で見て触れて、チョコレート職人としての確かな目を養わなければならない。

そんなこともあり、冴木と店巡りをしているうち、翔がすっかり懐いてしまっていた。

いつだったか、サ行の発音が苦手な翔に「一太」という冴木の下の名前を教えたところ、今ではたどたどしくも「いっくん」なんて呼んでいるほどだ。

「よし。全員揃ったし、作業に取りかかるか」

全員が揃ったところで店長のよく通る穏やかな声が厨房内に響き渡った。

その声で、仕事モードに切り替わった厨房内に心地良い緊張感が駆け巡る。

冴木と彩芽も、先ほどまでのおふざけモードから仕事モードへと頭を切り替える。

既に店長の前に横並びに集まっている、先輩ショコラティエ四名の右端に並んで意識を店長へと集中させた。

「店舗用の商品は、松戸と冴木、それから葉山。岡江は催事用の商品の最終確認を頼む。彩芽には梱包を任せる。それが終わったら松戸たちの補助頼んだぞ」

「はい！」

催事にあたっての割り振りがなされ、皆が口々に返答を返す中、明るく返事をする彩芽に皆の視線が集まる。

次の瞬間、店長の笑い声が辺りに響き渡った。

「ハハッ、彩芽は今日は一段と張り切ってんなぁ」

笑い声に続いて、冴木に言われたのと同様の台詞が放たれる。

同時に、冴木をはじめ先輩ショコラティエたちからどっと笑いが巻き起こった。

これもいつものことだ。

ボヌールは、彩芽が紅一点。唯一の女性ということで、事あるごとに揶揄われるのがお決まりとなっていた。

「やだ、店長まで。やめてくださいよ！」

「ハハッ、しょうがないだろ。うちで唯一のショコラティエールなんだからな」

「それ、セクハラです！」

「安心しろ。彩芽は可愛い孫みたいなもんだ。いや、うちのエルザと一緒か」

「エルザって、店長が飼ってる犬じゃないですかぁ！」

「うちの可愛いマスコットってことだ。喜べ」

だからといって、いじめというわけではない。最年少である彩芽を可愛がってくれているからこそだ。

他のショコラティエの先輩も、五十代後半の店長に次いで最年長の四十代前半の松戸、三十代の葉山と岡江というように彩芽とは歳が離れている。

そのせいか、店長が言うように彩芽はこの店のマスコットキャラ的な扱いを受けていた。というのは、勝ち気なところのある彩芽にはそう見えているだけで、実際には花のような扱いを受け、店の癒やしのような存在となっている。

店長とのいつものやり取りを終えると、いよいよ仕事開始。

催事用のチョコレートは前日に既に仕上げも終えている。

彩芽は、厨房の端にあるショコラ保存庫からチョコレートが入ったトレーを取り出し、作業台へと運ぶ。

運んだものから確認作業を任された岡江が一つひとつ、欠損や変色といった不良品や付着物がないか、慎重に目を通していく。

岡江に倣うようにして、彩芽も作業台へと向き合い、梱包作業へと取りかかった。

一番の人気商品であるガナッシュやプラリネ、キャラメルを詰めた三種類のボンボンショコラに加え、催事での出品に合わせて作られた新作の限定チョコが二種類。

一つは、夏らしく高知県産の柚を使用したピューレを詰めた雫型のもの。

もう一つは、ジャンドイヤにほんのりとオレンジの風味を利かせたものだ。

どちらも、より美味しく風味の良いものにするため、半年もの時間を費やし、試行錯誤を重ねて丹精込めて作られた、ボヌール自慢のチョコレートだ。

――わ――！　すごく綺麗。艶々と煌めいてるし、色も鮮やか。私も早くこんなに綺麗で美味しいとびきりのチョコ作れるようになりたいなぁ。

新作チョコを前に、彩芽はくりっと黒目がちのつぶらな瞳をキラキラと輝かせた。

ボヌールのチョコレートは見た目の美しさもさることながら、風味も味も絶品だ。

そこら辺のショコラトリーで販売されているチョコレートとは訳が違う。

それもそのはず。ボヌールのチョコレートは、「ビーントゥバー」という手法を取り入れている。

ビーントゥバーのビーンはカカオ豆、バーは板チョコを意味する。世界各国から取り寄せた高品質のカカオ豆を焙煎し、チョコレートにするまでのすべての製造工程を一つの工房で一貫して行う手法のことをいう。

数年前からアメリカで始まったもので、今では本場のヨーロッパでも取り入れられ、日本にも広まりつつある。

チョコの香りと味はカカオ豆の原産地で変わってくる。組み合わせる食材の相性により、原産地を変えているくらいだ。

ビーントゥバーの手法で作られたチョコは、カカオ豆本来の深い味わいと豊かな香りを強く残すため、店独自の味を確立することができる。

だがすべての工程を担（にな）う分、手間もコストもかかってしまう。また産地にも拘（こだわ）っているため、通常の価格よりも値段も高くなってしまう。

それでも「ボヌールのチョコが一番だ」と言って足を運んでくださる常連客のおかげで、閉店前に売り切れてしまうほどの人気を誇っている。

そのため、これまでもメディアから取材を求められたり、食品メーカーなどから業務提携を持ちかけられたこともあったらしい。

これは年長者である松戸から聞いた話だが、店長は「常連のお客様を大事にしたい」「お客様の顔が見えない仕事はしない」そう言ってキッパリと断ってきたのだという。

個々のお客様を大切にし、何よりチョコ好きが高じてショコラティエになったのだという店長を彩芽は尊敬している。

もちろん、若い頃フランスで修業していたというだけあり、ショコラティエとしての腕も一流だ。他の先輩ショコラティエも、国内外に関わらず、大小様々なコンテストで受賞経験のある者もいる。

そんな店長や先輩方と一緒に働けることに感謝しつつ、今日もショコラティエールとしての技術を磨くため仕事に邁進する彩芽だった。

催事のために、一時間早く出勤させてもらっている彩芽同様、朝早くから作業に当たっていたので、今日は閉店時間も通常より一時間早めていた。

そのため、十八時に閉店して片付けを済ませると、十八時半には皆一斉に退勤となった。

職場から帰路についた彩芽が向かったのは、翔の待つ保育園だ。

「翔君。お母さんがお迎えに来てくれたわよ」

彩芽の姿を視認した若い女性保育士が翔に声をかけると、それまで絵本を読んでもらっていた翔が、勢いよくガバッと顔を上げるところが視界に入ってくる。

「まんま～！」

入り口に立っている彩芽の顔を見るなり、パーッと満面に夏のひまわりのように大輪の笑顔の花を綻(ほころ)ばせた翔が大きな声を放ちながら、慌ててパタパタと駆け寄って来た。

そうして彩芽の元まで来ると、両手を精一杯広げ、腰元にぎゅうと抱きつき抱っこを強請(ねだ)ってくる。

「だっこ～！」

入園当初は預ける際に泣き叫び、彩芽から離れようともしなかったし、他の園児より迎えが遅いとグズることが多かった。

園にもすっかり馴染んだ今となっては、その頃が懐かしく思えるぐらいだ。

大人の中で育ったからか、喋るようになったのも他の子より早かった。

そのせいか、二歳となった近頃では、他の園児のお世話をしたがるようになっているらしい。

小さいなりにも、こうして少しずつ少しずつ、成長しているという証拠なのだろう。

そうやっていつかは親離れしていくのだろう。

そう思うと嬉しい半面、寂しくもあった。

――昼間一緒にいられない分、一緒に過ごせる時間をもっともっと大切にしなきゃ。

「翔、ただいま。今日も翔の大好きなボンボンショコラ作ったんだよ」

「わー！　まんま、しゅご～い！」

我が子の些細な変化に気持ちを新たにして翔に声をかける。すると、彩芽の言葉に翔が全身で喜びを露（あら）わにする。

そんな翔の姿に胸がじんとなる。彩芽は翔の小さな身体を抱き上げ、思わずぎゅうっと抱き寄せた。

職場から園までの途中、既に買い物も終えているので、後は帰るだけ。

保育園はマンションの目と鼻の先にあるため、手を繋いだ翔のテンポに合わせて、のんびりゆっくりと歩く。

この時間は、昼間翔の側にいられない彩芽にとって、翔と親子二人水入らずで過ごせる、至福のひとときでもあった。

もちろん、姉と三人でわいわい過ごす賑やかな時間も楽しい。

だが今後、翔の成長に伴って、こうして今のように親子でゆっくりと話せる機会は減っていくに違いない。おそらく翔が小さい今の時分だけ。とても貴重な時間だ。

だからこそ、一分一秒を大事にしたい。

「きょー、えほんいっぱい。おゆーぎ、いっぱいいいっぱーい、した〜！」

「そうなんだ、すごいね。帰ったら見たいなぁ」

「うんッ！」

「わぁ、楽しみだなぁ」

「まんまぁ、ぽんぽん、なく〜」

「ふふっ、お腹空いたよね。じゃあ、早く帰って、今夜は翔の大好きなオムライス作ろっかなぁ」

「わぁ！　まんま、らいらい、らいしゅきーッ！」

帰る道中、その日あった出来事や、楽しかったことを嬉しそうに身振り手振りで懸命に説明してくれる翔の声に耳を傾ける。

時には、苦手なサ行の言葉に詰まって、彩芽が首を傾げたりしようものなら、言葉で上手く表現できないのが悔しいのか、何度も言い直したりすることもある。

幼いながらもムキになる翔の姿に、負けず嫌いだった自身の幼少期の姿が重なり、血は争えないものだなと思わされる。

翔の性格は彩芽にやや似ているが、容姿は彼によく似ている。

彩芽は茶色がかった柔らかい髪質だが、猫っ毛で少しだけウェーブがかかっている。

顔もどちらかと言えば丸顔に近いし、瞳も大きくつぶらな二重だ。鼻も小ぶりで形もバランスも整ってはいるが、それほど高くはない。

それに引き換え翔は、幼児特有のふっくらと丸みを帯びてはいるが、細面の輪郭に、鼻も高く、髪の色は瞳と同様に艶めく漆黒で、クセのない直毛をしている。

まつ毛なんて彩芽よりフサフサで長いし、可愛らしい顔つきも相まって、女の子によく間違われるほどだ。

入園当初、年上のおませな女児から「かーくん、王子様みたい」と言って、翔のお世話を焼きたがり、喧嘩にまで発展しそうになったらしい。

今ではそんなこともなく一緒に仲良く遊んでいるらしいが、幼児前期でこうなのだから、大きくなったらどうなるのかと、少々不安でもあった。

——格好良いイケメンになって、女の子泣かせなきゃいいけど。

翔のこととなると、ついつい親バカ思考に傾いてしまう彩芽だったが、こういう時にはいつも決まって、彼の影がつきまとう。

——大きくなるにつれ、もっと彼に似てくるのかもしれない……

いつまでも父親の存在を隠してはおけないだろう。

それに、いつか本人が父親に会いたいと思う時が来るに違いない。

翔には父親のことを知る権利がある。

そう遠くない未来に、必ずその時が来る。いつの日か必ず——

この時彩芽は、まさかその「いつか」がすぐそこまで迫っていようとは夢にも思っていなかった。

＊＊＊

マンションに帰り着いた彩芽は、姉が飼っているマンチカン・チロル専用の部屋に行き、餌を与えてから、翔と一緒に夕食の準備に取りかかった。

近頃、やたらと大人の真似事をしたがるからだ。

そのため自然と、翔にもできそうな簡単な工程のあるメニューが多くなる。

別に野菜嫌いというわけではないが、まだ食が細いため少しでも多く野菜を食べてもらえるように工夫している。

　アイランドキッチンで彩芽が野菜を細かく刻んでいるすぐ側で、翔は卵の殻割りに挑戦しようと張り切っているところだ。

「翔？　どう？　できそう？」

「うんッ！」

「じゃあ、コンコンってやってみようか？」

「うんッ！　らくちんらくちんっ」

　彩芽が作業を中断して見本を見せると、やる気満々。得意満面に小さな手で卵を持ち上げ、最近覚えた「らくちん」を連呼する翔に彩芽も自然と笑みが零れる。

　まだ小さいため当然上手くはいかないし、かえって手間がかかることもあるのだが、危険なこと以外はできるだけ翔のやりたいようにさせることにしている。

　食事の準備も終わり、翔と夕飯を一緒にとった後は、少し間をおいてバスタイム。

　入浴を終えた頃には姉が帰宅し、束の間、賑やかな時間を過ごし、翔の寝る時間へと移行していく。

　寝付きは比較的良い方なのだが、歯磨きが嫌いで困っている。

　けれど今日はある作戦があった。

　それは、彩芽の影響からかチョコレート好きの翔が楽しみにしている、ショコラトリー巡りだ。

実は数日前の退勤後、冴木から「今度の休み予定がないなら行かないか」と言って、約二週間ぶりにショコラトリー巡りのお誘いがあり、もちろん了承済みだった。

店の休みは平日の月曜と火曜日で、今日は日曜日。明日がその休みの日だ。

まだ行き先は聞いていないが、おそらく最近リニューアルオープンしたショコラトリーだろう。

歯ブラシを見せた途端、渋り出す翔をご褒美で釣るようで少々後ろめたくもあるが、月に二回あるかないかのことなので、少々大目に見てもらいたい。心の中で言い訳をしつつ、声をかけた。

「翔。明日はいっくんとチョコのお店巡りに行けるよ。だから、ちゃんと歯磨きしておこうね」

「わぁい！　かーくん、しゅるッ！　しゅる〜！」

すると、目の色を変えてやる気を出した翔が自ら、彩芽が正座した膝に頭を乗せてくる。そして口を大きく「あ〜ん」と開ける無邪気な姿に、彩芽はふっと柔らかな笑みを零(こぼ)してから仕上げ磨きを始めた。


その夜、寝付きの良いはずの翔はなかなか寝付いてくれなかった。

おそらく遠足の前日のような心境だったのだろう。

結局、寝付いてくれたのは、二十一時を回った頃だった。

翌日の支度も済ませ、リビングダイニングのソファでワインを注いだグラスを優雅に傾けつつ、好物のゴルゾンゴーラチーズを味わっていた姉の晩酌に、彩芽が付き合わされていた時のこと。

炭酸水を片手にナッツを摘(つ)まみながら明日の予定を話していた彩芽に、咲良が突拍子もないことを言い始めた。

「へぇ、そうなんだぁ……で、その冴木っていう先輩とはどうなってるの？」

「え？　どうなってるも何も、ただの同僚だし」

「彩芽はそうでも、向こうはそう思ってないかもよ～？　その気もないのに、わざわざ休日に、子どもまで誘わないと思うわよ。普通」

学生時代からモデルという普通とは違う世界にいるせいか、咲良はどうも恋愛脳で何でもかんでもそういう方面に捉えがちだ。

これまでも、彩芽とは違い男性経験も豊富で恋多きモデルとして知られるほどである。

つい数ヶ月前にも、若手ナンバーワンと称される、ロック歌手とのスキャンダルが報じられたばかりだ。

実はちょうど翔が夜驚症と診断された頃で、彩芽が姉の元に身を寄せるようになったのは、咲良を狙うマスコミの目をかいくぐるためでもあった。

咲良と彼の交際は今も順調で、お互いの休みが合えばこのマンションにも訪れている。

男性と交際した経験のない彩芽にはよくわからないが、今が一番楽しい時期なのだろう。

――だからって、私までそうだと決めつけないでもらいたい。

それでなくとも、あの夜彼にかけられた魔法のおかげで、彼との思い出が色濃く残っているのだ。

それに今は、育児に仕事に精一杯で、余裕なんてないし。

「もうー。お姉ちゃんの周りはそうかもしれないけど、私だよ。そんな心配ないってば」

「心配っていうより、何かあってほしいっていう願望よ。願望。翔もいつまでも父親がいないって言うのも、可哀想でしょう？」

いつものように咲良に言い返したものの、翔のことを持ち出されてしまっては、途端に弱い部分が顔を出す。

父親がいない分頑張ると言っても、一人では限界がある。

例えば小柄な彩芽は、翔から肩車を強請(ねだ)られても叶えてあげられない。将来、父親がいないことで嫌な思いをすることだってあるかもしれない。必死で働いて貯金しているとはいえ、たかがしれている。将来、翔が何かやりたいと言っても経済的な理由で諦めなければならないことだってあるかもしれないのだ。

一人で産んで育ててきたことに後悔はない。けれど、翔にとってはそうではないかもしれない。すべて最初からわかっていたことだが、改めて考えると何だかいたたまれない心持ちになってくる。

「……やっぱりそうなのかな」

思わず漏らした声も、とても頼りない弱々しいものだった。

「それだけじゃないわよ。彩芽にも頼れる存在がいてくれれば、安心だしね……っていっても。別にここから出て行ってほしいって意味じゃないからね。ただ彩芽にも幸せになってほしいって思ってのことだからね」

続けざまにかけられた咲良の言葉に、翔だけでなく彩芽自身の幸せも願ってくれていたのだと知り、思わずぐっと熱いものが込み上げる。

泣きそうになるのをなんとか堪（こら）え、感謝の思いと強がりを紡ぎ出す。

「……お姉ちゃん。ありがとう。でも、私は別に。一人の方が気楽だし」

「ま、そんなに難しく考え込まずに、楽しんでらっしゃい」

そんな彩芽の心情など何もかもお見通しだとでもいうように、ふっと微苦笑を漏らした咲良が、彩芽の頭をポンポンと優しく撫でてくれる。

――一人じゃない。

姉の優しさにそう実感して、彩芽の胸は温かな気持ちで満たされていく。


そんなこんなで迎えたショコラトリー巡り当日は、快晴に恵まれた。

夏らしくカラリと晴れた澄み渡る青空には、綿菓子みたいな入道雲がもくもくと浮かんでいる。

冴木との待ち合わせ場所である銀座駅の改札を抜け、地上に出ると、目が眩むような強い陽光が待ち受けていた。

あと半月もすれば八月とあって、照りつける日差しは、肌をじりじりと焦がすほどの熱を孕（はら）んでいる。

あたかも不意打ちで目くらましでも喰らわされたかのような錯覚を覚えた。そこに屋外に出るのに帽子を嫌がって被らずにいた翔の、悲痛な声が響き渡った。

「おめめ、いたいた〜！」

「だから言ったでしょう？　ほら、ちゃんとお帽子被ってようね？」

「ええー、やだやだ〜！」

近頃、自己主張が強くなってきた翔は、イヤイヤ期でもあるため、子どもは熱中症になりやすいので帽子を被ってほしいのに、そういう時に限って言うことを聞き入れてくれず、少々手こずっていたのだが。

「こーら、翔。ママの言うこと聞かないと、連れてってやんないぞ」

背後にいたらしい冴木の声にいち早く反応を示した翔は、慌てて帽子を被ると両手を腰に当てて、褒めてくれと言わんばかりに大きな声を放つ。

「かーくん、えらい、えら〜いッ！」

自分でそう言いながら、夏の日差しに負けないくらい煌めくニッコリ笑顔を振りまいている。

これには、彩芽も冴木も大爆笑だった。

現金すぎる翔の姿に大爆笑してから数分後。人の流れに倣うように歩みを進め始めたところで。

「今日は、『ＹＡＭＡＴＯ』の限定ガナッシュを試したいと思ってるんだ。あそこはイートインもできるからいいと思ってさ」

冴木から本日の目的地であるショコラトリーの名称を聞かされた彩芽は、動揺を隠せずにいた。

「……え？　やま、と……ですか？」

車道側を歩く冴木と翔を挟み手を繋ぎながら歩いていたのに、思わず立ち止まってしまった彩芽の声もいつもの元気がない。

そのことに一瞬だけ怪訝そうに首を傾げた冴木だったが。

「あー、あそこ、結構値が張るもんな。けど、心配しなくていいって。専門学校ん時の同級生に、田山っていただろ？」

どうやら金銭面の問題だと、思い違いをしているようだ。

母子家庭ということで、普段から節約を徹底していた彩芽の懐事情を察してのことだろう。

確かにそれも気にはなるが、今はそれどころではない。

冴木の話にも話半分で、彩芽の脳裏には、彼とのあの夜の光景が走馬灯のように駆け巡っていた。

「……あっ、はい」

大人の会話が面白くないのか、ムッとした表情で自分に気を引こうと手をグイグイ引っ張る翔のことを冴木が宥めようと手をぶんぶん振りつつ、彩芽に話しかけてくる。

「その田山にギフト券もらってるんだ。だから今回は俺の奢りっていうか、田山の奢りだからさ。心配ないからな」

　未だ上の空の彩芽が返事を返せずにいると、早く話を終わらせようとしてか、目一杯元気に、彩芽の代わりに「はーい！」と返した翔の、大きな声によって、我に返った彩芽もすぐに返答してから、何でもないようにニッコリと笑って見せた。

「じゃあ、遠慮なく。田山さんにもよろしくお伝えくださいね」

「あー、了解。じゃあ、行くか？　翔」

　それからはいつものように、翔と友達のような関係を築いている冴木の意識は、翔へとシフトしていった。

「えいえい、やーッ！」

「おっ、元気だなぁ。けど、それを言うなら『えいえい、おー！』が正解なんだぞ？」

「ちがーのッ！」

「ハハッ、出た。翔の十八番。ちがーの～！」

「いっくん、うっしゃーいっ！」

「おっ、今度はいっちょ前に拗ねたぞ。じゃあ、翔だけチョコお預けだな」

「いっくん、しゅき、しゅき～！」

「ハハッ、相変わらず現金な奴。じゃあ、肩車してやる」

「わーい、わーい！」

　父親のいない翔にとって、こんな風に肩車をしてくれる存在など冴木の他にはいない。

そんなこともあり、翔は冴木を兄のように慕っている。

もしかしたら、父親の代わりのような存在かもしれない。

けれど冴木に肩車されている翔を見ていると、いつしか冴木の姿が彼とダブって見えてくる。

別に、店舗に行ったからといって、彼がそこにいるわけではない。

それなのに……心のどこかで、彼に会えるのではないかと、期待してしまっている自分がいることに気づかされる。

その途端に、胸がキュッと締め付けられるような痛みに見舞われた。

――もう三年以上も経つんだから、もし会えたとしても、忘れられてるかもしれない。なのに。

こんなにも心を揺さぶられるなんて……私ってば、バカだな。

彩芽が人知れず感傷に浸っている間にも、都会のシンボルともいえる、店舗に掲げられた立派な時計塔が見えてきた。

洗練された都会の、お洒落な街並みを行き交う人波の流れに沿って、歩みを進めつつ、歩道に面した店舗の壁に設けられている、ショーウィンドウのディスプレイに目を向けてみる。

するとそこには、海外のリゾート地をイメージされた装飾が施されていて、波打ち際で戯れる家族らしき姿が見て取れる。

彩芽にとって、当たり前だった家族の形がそこにあった。

けれど翔には彩芽しかいない。

――母親の私がしっかりしてないでどうするの。一人で育てるって決めたじゃない。彼の面影に囚われてる場合じゃないでしょ。前だけ見なきゃ。

ようやくそう思い直した彩芽が、冴木に肩車された翔とＹＡＭＡＴＯのショコラトリーへと足を踏み入れようとしたその瞬間、ドンッという鈍い衝撃が彩芽の左肩を襲った。

どうやらぼんやりしていたせいで、今まさに店舗から出てきた客にぶつかってしまったようだ。夏だというのに、ネクタイを締め、かっちりと着込まれたダークスーツ姿の男性――

慌てた彩芽が謝罪しようと足元から視線を上向けた先には、三年前のあの夜、一夜を共にした彼――駿の姿があった。

驚きを通り越した彩芽の心臓は、もはやパンクでもしてしまうのではと案じるほどに、どっくんどっくんと激しい鼓動を打ち鳴らす。

その音は、周囲の雑踏を掻(か)き消すように、呼吸も瞬きも忘れ微動だにできずにいる彩芽の耳元で、やけに大きく響いていた。

3　王子様の憂鬱

店舗への顔出しを終えた駿は、この七月から専務としての任務を全うするために与えられた執務室に帰り着くなり、盛大に溜息を吐いた。

「はぁ」

昼下がりの静かな執務室の空気に溶け込んでいく微(かす)かな余韻が、なんとも物悲しい。

ふらふらと窓際にある自席まで歩みを進め、革張りの椅子にドサリと崩れ込むようにして腰を下ろし、デスクに項垂(うなだ)れる。

閉ざした瞼(まぶた)の裏で、照りつける夏の日差しにも負けないぐらいの、眩(まぶ)しい彼女の笑顔が満開に咲き誇る。

実際は、駿の姿を捉えた彼女はなんとも言えない複雑そうな表情をしていたが、駿の瞳にはそう映っていた。

いや、そうであってほしいという願望の表れだ。

彼女にとって、自分がただの一夜限りの相手でしかなかったという、駿にとっては残酷な事実を突きつけられたくなかったからに違いない。

彼女の笑顔は、三年前、毎週のように通っていたショコラトリーで迷惑な客がいなくなったことに、ホッと安堵した彼女が無意識に零した、飾り気のない笑顔と同じだ。

あの時、駿は彼女に一目惚れしてしまった。

だが未成年には手が出せず、後ろ髪を引かれつつも店舗を後にした。

それがまさか、その週末に合コンで運命的な再会を果たすなんて夢にも思っていなかったし、彼女が成人した女性だと知った時は驚きを隠せなかった。ましてや自分の誘いに応えてくれるなんて、奇跡としか言いようがない。本当に夢のような夜だった。

何度も忘れようとしたのに、三年以上経つ今も、駿は彼女のことを忘れられずにいる。

その傷もようやく癒えそうだと思っていたっていうのに……

帰国早々、三年前に失恋した相手である彼女——杜若彩芽との予期せぬ再会を果たすとは、思いもしなかったことだ。

——やっと吹っ切れそうだと思ってたのに。今になって何の冗談だ。運命のいたずらにしては悪趣味すぎる。

今から遡ること二時間前。つい先日アメリカから帰国して間もない駿は、おおよそ三年ぶりとなる、ＹＡＭＡＴＯ本店のショコラトリーに顔を出した。

店舗には先々代の会長、駿にとっては曾祖母の代からＹＡＭＡＴＯのショコラティエとして勤務するベテランの者が数名いる。

職人気質の者が多く、機嫌をとるまでもいかないが、業務が滞りなく進められるよう、程良いコミュニケーションは欠かせない。

それは創業当初の明治時代より、代々受け継がれてきた伝統と言ってもいい。

元々ＹＡＭＡＴＯは上流階級の間でしか出回っていなかった、一般庶民には馴染みのなかった様々な食材を一般家庭にも広めようと創業された。

その頃より、上流階級や政財界の重鎮との間に太いパイプを持っており、持ちつ持たれつ、深く関わり合ってきた。

自然と礼儀や格式を何よりも重んじるようになった所以だ。

良くも悪くも、その名残が今も色濃く残っている。

とはいえ、その名残を何よりも優先させてきた、曾祖母亡き後、その娘である祖母から会長の座を譲り受けた、伯父・神宮寺要（かなめ）が舵を取るようになってからは、社風も社内の雰囲気も、随分と様変わりしてきたように思う。

先述したように、一部の古株を除いては。

そのため、銀座本店には、視察をかねての挨拶回りを決行したまで。

それも含めて、ゆくゆくは悪しき慣習を改めて、一新していくつもりだ。

駿は、自身に課せられた役目を全うするために帰国した。

本当は、まだしばらく帰るつもりなどなかったが、今年三十歳を迎えたことでそうもいかなくなったのだ。

両親、特にＹＡＭＡＴＯの社長である父には、「そろそろ身を固めて、後継者の一人としての役目を果たしなさい」と口うるさく言われている。

わざわざアメリカにまで、各界の重鎮のご令嬢の見合い写真と釣書とを一緒に送ってきたほどだ。

理由は、単純明快。

四つ上の姉・鈴が医者になり、現在は脳外科医の神の手と呼ばれている権威の息子と結婚し、数年前より夫の赴任先であるシンガポールに移り住んでいる。

それゆえに、どうやら寂しくなってしまったようだ。

親もそれだけ年をとったと言うことだろう。

そこに、ここ三年でわずかではあるが、伸び悩んでいる業績のことも重なった。

帰国すれば縁談攻撃も少しは緩まるかと思っていたが、そうでもない。

表向きには海外での経験を生かして、なんとか立て直してみろ。それから自分の意見を通せと言ってはいたが、海外で三年もの間、好き勝手にさせたのだから、そろそろ身を固めて孫の顔を見せろというのが本音だろう。

それにしても、まさかこんな展開が待っていようとは夢にも思わなかった。本当に皮肉なものだ。

隣にいた男が旦那で、肩車されていた二歳ほどの男児が二人の愛の結晶ってことなのだろう。

——彼女、幸せそうだったなぁ。クソッ。

思い出しても虚しいだけだというのに、彼女との甘美な記憶ばかりが呼び起こされる。

あの夢のような夜を過ごしてからの二週間は本当に幸せだった。

絶対に応えてくれるものと思っていたのだから無理もない。

だからこそ、あまりがっつくのも嫌われると思い、彼女の連絡先はあえて聞かずに自分の名刺を渡すのみに留めたくらいだ。

男に不慣れな彼女を気遣うためでもあり、過去の苦い経験から慎重になっていたのもある。

とはいえ、結果的には振られたのだから、元々彼女にはその気がなかったということだろう。

もしくは、本気にしてもらえなかっただけなのだろう。

それまで周囲にいた女性と同じだと思えばいい。

昔から、駿はどこぞの王子様かというほどの、甘い容貌に柔らかな物腰。

加えて、日本はもとより海外にもその名を轟(とどろ)かせるＹＡＭＡＴＯの御曹司。

容姿も肩書きも申し分なかったことから、幼少の頃より周囲にもてはやされてきた。

女性にも不自由したことなく、女性の方から寄って来てすぐに交際まで発展はするものの、結局最後には決まって向こうから去って行く。そんなことの繰り返しで、長続きしたためしがない。

そうして何をどう勘違いされたのか、去り際には決まって、「どうせ私のことなんて時間潰しだったんでしょ」「私のことなんて好きじゃないくせに」等と、吐き捨てられてきた。

確かに、彼女たちのことを本気で好きではなかったのかもしれない。

だが決して遊んでいたわけではない。

告白されて、毎回「この子となら」と思ったから付き合っていたのだ。

――彼女は違うと思ったんだけどなぁ。やっぱり今回も俺の見る目がなかっただけなんだろうな。

見る目というのは、彼女がどうというわけではない。

彼女の気持ちが自分には向いていなかったのを、見抜けなかったということだ。

駿が何度目になるかわからない溜息を吐いたその直後、執務室の扉をノックする音が響き渡った。

即座に仕事へと頭を切り替え、「はい」と応じた駿の力ない声が完全に消えてしまう前に、タブレットを手にした秘書の三谷が扉を開け放った。

三谷は、駿に視線をさりげなく寄越して様子を窺ってから軽く一礼すると、颯爽と歩み寄ってくる。

「専務、例の資料をお持ちしました。それから、過去三年分の売り場毎の販売実績に、粗利益等、指示通り共有フォルダにまとめてあります。会議の前にご確認のほどよろしくお願いします」

その姿は、見るからに優秀な秘書そのものだ。

小憎らしいほどに、晴れやかな表情で現れた三谷の、スッキリと切り揃えられた清潔感のある黒い短髪、キリリとした凛々しい眉、すっと通った鼻梁。

縁の下で上司を支えることが役目である秘書のクセに、サーフィンが好きで、うっすらと小麦色に焼けた肌が、いつにも増して艶々と輝いていて艶かしい。

昨夜は彼女とデートだと言っていたし、さぞかし楽しい夜を過ごしたのだろう。

「三谷、さすがだな。仕事が早くて助かるよ。俺なんか、まだ時差ぼけが抜けきらないで困ってるってのに。羨ましい限りだ」

駿は表面上はにこやかに笑みを浮かべてはいるが、リア充をありありと醸（かも）し出している三谷に黒い感情を沸々と煮えたぎらせつつ、皮肉めいた褒め言葉と冷ややかな視線とで出迎えるのだった。

そういう駿の不穏な様子から何かを察したのかもしれない。

大学のゼミで知り合って以来の友人でもあるし。昔から妙に勘の鋭いところがあったから、そうに違いない。

それを物語るように、三谷がデキる秘書の顔から、ニヤけた顔に豹変した。

――ほら見ろ。やっぱりそうだ。

駿が嫌な予感に身構える側から、三谷が実に楽しげに、痛いところを突いてくる。

「何だよ、駿。その刺々（とげとげ）しい態度は。もしかして、また振られたのか？」

確かに毎回振られてはいたが、三年もの間、彼女のことを引きずってきたのだ。または余計だ。

三谷とは付き合いが長いだけに、仕事だけでなくこれまでの女性関係まで熟知されている。

ちょうど三年前、彼女との約束の日にも、三谷と会う機会があった。

その際に、少々飲み過ぎてうっかり口を滑らせたのだ。

だが、渡米してから何があったかは知らないはずだ。

普段の駿なら、それくらい容易に気づけただろう。

しかし彼女のこととなると冷静ではいられず、三谷にあっさりとカマをかけられてしまうのだった。

「……三谷。お前、クビな」

「専務、それはパワハラです」

「なら、お前は上司へのセクハラで訴えてやろうか？」

「おいおい。マジで振られでもしたのか？　つっても、三年越しの失恋引きずってるしな。あっ、もしかして、数年ぶりに運命的な再会を果たしたはいいが、相手に恋人がいたとか、結婚でもしてたのか？」

さすが秘書だけあって、三谷にエスパー並みの直感を駆使され、無言を決め込むことしかできない。

これでは、正解だと言っているも同じだ。

「……」

「マジかッ⁉」

駿のあからさまな態度に、図星だと確信したらしい三谷が、それでもにわかに信じられないといった風情で、驚嘆の声を上げた。

その数秒後。優秀な秘書面をした三谷によって、一時間後に予定している重役会議への出席を口実に、休憩時間を半強制的に与えられた。不憫な駿は、彼女との再会について、根掘り葉掘り聞き出される始末と相成ったのである。

「――三年前に振られて以来ずっと引きずってた愛しの彼女と再会を果たすも、彼女は既に結婚して子どもまでいたってなると、そりゃあショックだよな」

「……余計に惨めになるから復唱するな」

「けど、一緒にいただけだろ。案外ただの知り合いだったりしてな」

「……いや、彼女によく似て、とてつもなく可愛かったぞ」

「ハハッ、駿。お前、未練たらたらだな」

「しょうがないだろ、実際可愛かったんだから」

「そんなに未練あるなら、帰国したのを口実に連絡してみればいいだろ」

「連絡先なんて知らないんだから、連絡のしようなんてないだろ」

「はっ!? お前、連絡先の交換もしてなかったのか？ だったら、どうやって約束の日時変更したんだよ？ 確かお前、親父さんが急病で倒れて行けなくて、翌日行ったって言ってたよな」

「勤務先の同僚に伝言を頼んだんだ」

「……アナログもいいとこだな。それ、伝わってなかったりしてな」

「……まさか」

三年前、確かに自分の名刺だけを渡していたが、彼女の勤務先の同僚とも、彼女と再会を果たすきっかけとなった合コンで名刺交換もしていた。

同僚には強引に渡されたのだが、面識もあったのだ、ちゃんと伝えてくれているはず。

それに、彼女には向こうに発つ日時だって伝えてあった。

もしも行き違いがあったとしても、彼女は連絡先を知っているのだし、どうとでもなったはずだ。

それなのに彼女から何の音沙汰もなかったのは、彼女が駿に応える気がなかったという何よりの証拠だろう。

「ま、でもこれで諦めがついただろ。今度こそ次に進むってことで結果オーライなんじゃねーの？」

「……まあな」

「だったらさぁ、気晴らしに、縁談の一つぐらい受けてみろよ。案外、好みの相手に出会うかもよ。俺と彼女みたいにさぁ」

「三谷。お前、惚気（のろけ）たかっただけだろ」

「何のことだ？　あっ、そろそろ会議の時間じゃね？」

「……あっ、ああ」

三谷の言うようにまさか彼女に伝わっていなかったかもしれないとは、この時まで駿は夢にも思っていなかった。

もう過去のことだ。終わったことをほじくり出したところでどうにもならない。

――今はこんなことやってる暇なんてないだろ。親父からの縁談攻撃をかわすには仕事で結果を出さないとな。

癒えかけていたはずの失恋の痛手が再来し、気持ちがずっしりと沈みそうになるのをなんとかぐっと胸の奥底へと抑え込む。

そんなことをしてみたところで、すぐに癒えるものでもないが、熟さなければならない仕事のことへと無理矢理切り替える。

仕事モードへと思考をシフトさせた駿は重い腰を上げると、既に優秀な秘書の顔に戻っている三谷を従え、重役会議が開かれる、すぐ下の階にある会議室へと向かった。


その数日後。駿は、ＶＩＰ専用のラウンジにて、昔馴染みの顧客であり、日本随一の財閥系企業グループとして知られる、菱沼（ひしぬま）グループの会長夫妻を丁重にもてなしていた。

ラウンジは、ＹＡＭＡＴＯで扱われている、オーダーメイドのスーツやドレスに高級腕時計などなど。富裕層をターゲットに、ゆったりとした空間で寛（くつろ）ぎつつ、美味しいお茶と、最高級のカカオ豆を用いて、ＹＡＭＡＴＯの誇る一流のショコラティエにより、一つひとつ丹精込めて作られた、極上のチョコレートを味わいながら、高価な商品を吟味してもらうために設けられたものだ。

その中には、政財界の重鎮や有名な財閥系をはじめとする、一流企業の経営者一族、メディアで活躍している芸能人なども多い。人目を気にすることなく寛いでもらえるようにプライバシーにも配慮され、完全個室となっている。

そのため、時折、接客中の顧客から、思いがけない耳寄り情報を耳にすることもあった。

特にラウンジでは、大抵専用スタッフが担当としてつくのだが、その中でも上得意の顧客には、重役自らが直々にもてなしている。ゆえに、その頻度も高くなる。

当初の予定では、社長である父・隼(はやと)が対応するはずが、急用が入り急遽ピンチヒッターとして駿が駆り出されていた。

菱沼夫妻とは家族ぐるみでの付き合いがあり、幼少の頃より面識があったからだ。そんなこともあり、夫妻との会話は弾みに弾んだ。

おかげで、耳寄り情報をたくさん入手することができた。

それをどうビジネスに活かそうかと、駿が画策している最中のことだ。菱沼夫人から競合他社である、老舗百貨店・暁の話題が出たことで駿の思考は瞬時に切り替わった。

「そういえば、老舗の暁さん。ここ数年は芳(かんば)しくないんですってねぇ。あそこはお嬢さんが二人いらっしゃるけど、色々あったみたいだし。ね～？　あなた」

「どうだったかな」

「あらやだわぁ。売れっ子モデルの咲良さんと、妹さんの彩芽ちゃんのことよ」

「ああ、あの可愛らしいお嬢さんか」

「……も、もしかして、杜若彩芽さんのことですか？」

「あら、ご存知なのね。さすが隼さんの息子さんだわぁ」

「ああ、いえ。たまたまですよ」

「綺麗なお嬢さんだからかな？　駿くんも、隅に置けないなぁ」

「いえいえ、そういう訳では。競合相手ですから、お名前ぐらいは存じ上げております」

そこで思いがけず、興味深い話を聞くこととなる。それが駿にとって、大きな足掛かりになろうとは思いもよらないことだった。

4　邂逅と融解

およそ三年ぶりの、彼との思ってもみない再会に彩芽は呆然と立ち尽くすことしかできないでいた。

彼とぶつかってから、おそらく数秒ほどの出来事だったと思う。

あたかも時間でも止まってしまったかのような錯覚に陥っていた。

翔を肩車した冴木は、ちょうど彼の後から出てきた人を避け、店内に入ってすぐのところで、彩芽を待ってくれているようだ。

若い女性客らで賑わう店内でも、肩車されている翔の小さな背中が見て取れる。

彩芽は心ここにあらずで、ぼんやりとその様を俯瞰で捉えていた。

「ごめん、大丈夫だった？」

そこにもう会うこともないだろうと思っていた、彼の相変わらず優しい甘やかな声音が彩芽の耳に届いた。

その刹那。あの夜のあれこれに想いを馳せ、混沌としてしまっていた彩芽の意識が現実へと引き戻される。

眼前には、あの夜と変わらない、王子様然とした彼の、端正な甘い相貌が待ち構えていた。

――ど、どうしよう。心臓がドキドキし過ぎて、口から出てしまいそうだ。

どうリアクションすればいいかもわからない。彩芽はただただ立ち尽くすしかできないでいた。

すると視界の中で微かに首を傾けた彼が、心配そうに語りかけてくる。

「ごめん。聞こえなかった？」

その姿を前に、胸に秘めていた甘やかな記憶の断片が呼び起こされる。

あの頃より、少しだけ痩せただろうか。もう少し髪も長かったような気がする。夏だからかな。

少し肌も焼けていて、逞しくなった気がする。

記憶よりも男ぶりの増した彼の姿に、視線が惹きつけられてしまう。

パリッと着こなしている、仕立ての良さそうな、ダークスーツもよく似合っている。

さすがは、ＹＡＭＡＴＯの御曹司だな、と感心してしまうほどだ。

この三年の間、環境が著しく変化した彩芽同様、彼も様々な経験を重ねてきたということなのだろう。

あれからもう三年も経つのだから、無理もない。いつまでも胸に秘めていても仕方ない——もう彼とは、関わることもないのだから。

そう思った途端に胸がズキンと痛んだ。

——やっぱり、私はまだ彼のことが好きなんだ。

彼への気持ちを再確認させられた。同時に、彼にかけてもらった言葉が蘇ってくる。

「もしもの時は絶対に責任を取るから、安心してほしい」

優しい彼のことだ。翔のことを知ったら、責任を感じてしまうに違いない。たとえ彩芽のことを好きではなくとも——

そこまで思い至って、また胸が鋭い痛みに襲われた。

翔のことは知られてはいけない。どうせ、元々縁がなかったのだ。

彩芽が人知れず、自身に言い聞かせていると、再び心配そうに眉根を寄せた、彼の甘やかな声音が思考に割り込んでくる。

「大丈夫？　どこか痛むの？」

今度こそ我に返った彩芽は、彼に動揺を気取られないように、努めて明るく振る舞った。

「あっ、いえ。大丈夫です。よそ見してたみたいで、すみませんでした」

「ううん。こちらこそごめん。久しぶりだね。元気そうで何よりだよ。じゃあ、ごゆっくり」

「あっ、はい」

それなのに……まるで古い友人とすれ違ったかのように、軽い挨拶を交わすと、屈託のない笑顔を浮かべて、爽やかに去って行く彼の様子に、彩芽の胸は引き裂かれるかのような強烈な痛みを覚えた。

もう彼の中では、とっくの昔に終わってしまった過去でしかないのだという事実を、彼自身によって突きつけられたからだ。

それとは逆に、彩芽の中ではまだ終わっていないのだと、嫌というほど、思い知る羽目になった。

彼が去ってからも、しばらくの間、彩芽は呆然と立ち尽くしてしまうのだった。

だが店の出入り口のため、人の出入りの邪魔になる。

ちょうど店から出てきた人に、彼にぶつかった時同様に接触しそうになったところでハッとする。

——翔と冴木先輩のこと、待たせてるんだった。いけない。しっかりしなきゃ。

ようやく自分の置かれた状況を思い出し、店の中へと急いだ。

すると入って右手の待合スペースのソファで冴木と隣り合って座り、彩芽に向けてブンブンと勢いよく両手を振って、ニコニコの笑顔を振りまいている、翔の姿が視界に飛び込んできた。

どうやら空席がなかったために、順番待ちをしていたようだ。

「冴木先輩、すみません。ちょっと知り合いに会っちゃって。翔、おとなしくしてましたか？」

慌てて駆け寄った彩芽が冴木に謝罪している横から、いつものように、好奇心旺盛な翔が身を乗り出し、「知り合い」が誰かと尋ねてくる。

「まんまー、だれだれ～？」

翔から彼に関する質問を受けるとは思わず、ドキリとさせられた。

いくら想定していなかったとはいえ、本当のことなど言えるわけがない。

だからといって、一生隠し通すこともできはしない。いつか本当のことを話さなければならないけれど、真実を伝えるのは今ではない。

突然訪れた彼との邂逅に、ただでさえ動揺していた彩芽は、それを必死に抑え込もうとするあまり翔をキツい口調で叱ってしまう。

「もう、翔ってば。今は冴木先輩と話してるの。大人の話に割り込んだらダメでしょう」

「ヤダヤダ、かーくんも～！」

それでもめげない翔は、しつこく食い下がってくる。いつもならやんわりかわせるのだが、つい感情的になってしまい、声を荒げてしまう。

「こら、翔。ダメって言ってるでしょっ！」

それに対し、盛大にむくれた様子の翔は、ほっぺたをぷくっと膨らまし、そっぽを向いてしまうのだった。

「……まんま、きらい」

そこで、ついムキになってしまったことに気づかされ、彩芽はハッとする。

「翔、ごめん。ちょっとママ言い過ぎちゃったね」

彩芽が慌てて翔に謝るも既に手遅れ。翔は、すっかり機嫌を損ねてしまっていた。

それからは、冴木の陰に隠れてしまい、彩芽の顔も見ようともしない。

見かねた冴木が機嫌を取ろうとしても、翔の機嫌は戻らないままだ。

子どもは感受性が強い。もしかしたら、いつもと違う彩芽の微妙な変化を感じ取ったのかもしれない。

特に深い意味などないのだろう。

だがこういう些細なことも、父親がいれば違ったのだろうか。ふとそう思った瞬間、さっき会ったばかりの彼の姿が脳裏を過ぎる。

もし彼が翔のことを知ったら、何かが変わったりするのかな……

——ダメダメ、何を考えてるの。そんなの都合が良すぎる。彼のことは忘れなきゃ。

一瞬でも、父親である彼がいてくれたら……などという身勝手な願望を抱きそうになったが、そんな甘っちょろい思考は彼の姿と一緒に胸の奥底に葬り去った。

それから数分後、ようやく順番が回ってきて、店員の若い女性に窓際のテーブル席へと案内された。

座席につきメニュー表を広げ、大好きなチョコレートの写真を目にした途端。

「わぁ！　しゅごい、しゅご〜い！」

翔は、機嫌を損ねていたのは誰だったのかと思うほどの、現金さを発揮している。感嘆の声をあげて無邪気に喜ぶ翔の姿に、彩芽は向かいに座る冴木と顔を見合わせ、ホッと胸を撫で下ろす。

安堵したのも束の間。今度は、いつも手間をかけてしまっている冴木に対して、申し訳ない心持ちになってくる。

「ハハッ、さっすが翔だなぁ。さっきまで拗ねてたのが嘘みたいだ」

「本当に。いつものことながら、お手数おかけしちゃってすみません」

改まって頭を下げた彩芽を前に、冴木はクシャッと人懐っこい笑みを浮かべると、彩芽の隣にいる翔の頭をワシャワシャと撫でつつ、お決まりの軽口を返してくる。

「いや、別に。俺が好きでやってることだし。翔や彩芽と一緒だと、飽きなくていいわ」

おそらく、彩芽が余計な気を遣わないで済むように気を配ってくれたのだろう。何かを察しつつも、彼のことも見て見ぬ振りをしてくれているのかもしれない。

後輩思いの優しい冴木に心の内で感謝しつつ、彩芽はいつものように軽口で応じるのだった。

「それって、暇潰しにちょうどいいってことですか？」

「まぁ、そういうことだな」

「ひっどーい！」

「おっ、やっといつもの調子が出てきたな。ほら、これも食ってみるか？」

「まんま、くってくって～！」

「もう、先輩。翔が真似してるじゃないですか〜！」

その後は何事もなく、いつものように翔を交えた楽しいショコラトリー巡りは終了した。

夕暮れ時を迎える頃には冴木と落ち合った駅で別れて、来た時同様、電車に乗り最寄り駅に着いてからは、翔と仲良く手を繋ぎ合って帰路についたのだった。


夜も深まり二十一時を迎える頃には、昼間はしゃぎすぎたせいか、翔は布団に入るなり、五分と経たないうちに寝入ってしまった。

いつもなら好きな絵本を最低でも三冊は読まないとグズるのだが、一冊目を読み終わる頃には船をこぎ始め、数秒後には穏やかな寝息を立てていた。

気持ち良さげに眠っている、翔のあどけない寝顔を眺めているうち、昼間会った彼のことを思い浮かべてしまう。

彩芽は、忙しなく何度も頭をふるふると振って、脳裏から彼の姿を追い払った。

けれどどこからともなく浮かんできては、そのたびに彩芽の心を掻き乱す。

彼と再会したその夜、彩芽はなかなか寝付けないでいた。

思いがけず彼と再会した日から、一週間が過ぎた。

シングルマザーである彩芽は、一人前のショコラティエールになるべく、仕事はもちろん休みのない育児にも奔走し、相変わらず多忙な日々を送っている。

そこに、彼のことまでが加わった。

あれ以来、睡眠不足が続いている。

そのせいか、事あるごとに彼の姿が脳裏に浮かんでしまい、気もそぞろで、そのたびにケアレスミスを連発していた。

休日の前日である日曜日の退勤まで一時間という頃、とうとう見かねた店長に呼び出され、注意を受けているところだ。

「どうした彩芽。ここ最近元気もないし、体調でも悪いのか?」

「あ、いえ。ちょっと寝不足なだけですから、大丈夫です」

「なら、いいが。お前には、翔もいるんだからな。くれぐれも無理はするなよ? 売り上げにも響くから、今日はもう帰って休んでろ」

「……すみません」

「いーから、ほら、翔にこれでも持って帰ってやれ」

「……店長。ありがとう……ございます」

「こら、泣くな。翔に笑われるぞ」

「……はい」

もっとキツく注意されるものだと思っていたのに、優しい言葉と翔への手土産まで渡されて、彩芽は涙ぐんでしまう。

そんな彩芽のことを店長は、いつものように冗談めかしつつ「何かあったらいつでも相談しろよ」そう言って、元気づけてくれていた。

周囲の優しさが身に沁みて、改めてしっかりしなければと思い直し、まずは体調を整えることに専念しようと、店長の心遣いに甘えさせてもらうことにした。

そして現在、帰り支度を済ませた彩芽は、心配した冴木に店の通用口まで送ってもらっているところだ。

「じゃあ、気を付けてな。着いたら連絡しろよ？」

「はい、ありがとうございます。お先に失礼します」

「……あっ、ああ」

通用口を抜け、冴木に頭を下げた彩芽が顔を上げ、今まさに背後に振り返ろうとしていた矢先のことだ。

正面の冴木の顔に暗い影が差した気がして、怪訝に思いつつも振り返る。その先には、先週再会した彼──翔の父親である神宮寺駿の姿があった。

──ど、どうして？　どうして彼がこんなところにいるの？

彼の姿を捉えた彩芽の鼓動は、たちどころにドクドクと物凄い速さで脈打ち始める。

今にも心臓が限界を迎えて止まってしまいそうだ。

「あの男、翔の父親なんだろ」

突如現れた彼の姿を凝視したまま身動き（みじろ）が取れずにいた彩芽は、冴木が零（こぼ）した声で正気を取り戻した。

けれど動揺のあまり、素っ頓狂な声を放ってしまう。

「……へ!?　ち、違いますよ。あっ、姉の……姉の知り合いですから」

思わず口をついて出た言葉も白々しいものだった。だが、今はそんなことに構っている場合ではない。

この前再会した際には、翔も一緒だったが、それに関して一切触れてはいない。

ならば翔のことではないはずだ。おそらくチョコでも買いに来たのだろう。

ボヌールは小さいながらもそこそこ名の売れたショコラトリーだ。おそらく敵情視察といったところだろう。

そこにたまたま彩芽がいただけ。そうに違いない。

自分の中の平静を掻（か）き集め、さも何でもないように声を絞り出す。

「あっ、あの。店は閉店間際ですが、まだ大丈夫なので、店舗の方にどうぞ」

すると彼はふっと軽く苦笑を零（こぼ）したかと思うとすぐに笑みを消し真剣な表情となり、彩芽のことを真っ直（す）ぐに見据えて真剣な声を放った。

「そうみたいだね。でも、チョコじゃないんだ。君に確かめたいことがあって来たんだよ」

直感で、翔のことだろうと察した彩芽の鼓動は、途端に嫌な音を立て始める。

どういう経緯で知り得たかは知らないが、そのことで一体何の用があるというのだろう。

もしかして、責任を取りたいとでもいうのだろうか。

確かに彼にも責任はあるのだろうが、産むと決めたのは自分だ。

それにいくら一夜を共にしたとはいえ、三年も前のことだし、彼とは付き合っていないどころか、とっくの昔に振られている。

今更責任を問うつもりもないし、とやかく言われる筋合いもない。だからそっとしておいてほしい。

母親であるという気持ちがそうさせたのだろうか。

つい数秒前まで、動揺しまくりだったくせに、腹を据えた彩芽は、一メートルほど距離を詰めてきた彼に向けて、キッパリと言い放った。

「あの、すみませんが、時間がないので失礼します」

そうしてスタスタと歩みを進めて、彼の横を素通りしようとしていた彩芽の右手首を彼によって掴(つか)まれてしまう。

「――ッ⁉」

驚愕した彩芽が思わず顔を上げた先には、彼の綺麗な瞳が悲しげに揺らめいていて、胸がキュッと締め付けられる。そこへ。

「彼がいるから？」

彼から思いがけない台詞が飛び出した。

一瞬、意味がわからなかったが、この前も一緒にいたし、冴木を恋人とでも勘違いしているのだろう。

それは理解できたのだが、彼がどうしてそんなに悲しそうな顔をしているかがわからない。

三年前の約束のあの日、待ちぼうけを食らったのは彩芽の方だ。

それとも振った相手が自分の子どもを身籠って、産み育ててきたことへの同情心からだろうか。

優しい彼のことだ。きっとそうに違いない。

だったら尚更だ。

「急いでるんで離してください」

彩芽が彼の手を振り払いざまに出した声に、被(かぶ)せるようにして。

「だったらどうします？」

これまで静観していた冴木から、これまで一度も耳にしたことのないような重低音が、彼に向けて彩芽の背後から放たれた。

あたかも彼に挑むかのような口ぶりに、緊張感が一気に高まった気がする。

思いもよらない展開に、混乱をきたした彩芽がガバッと背後に振り返ると、彼に対して敵意を剥(む)

き出しにした冴木が鋭い視線で睨みをきかせていた。

もしかして、咲良が言っていたように、好意を抱いてくれているからなのだろうか。

――ま、まさかね。

冴木は、翔を出産してからこれまで女手ひとつで育ててきた彩芽の内情をよく知っている。翔のことも可愛がってくれているからこそ、自分のことのように怒ってくれているのだろう。彩芽はそう自分に言い聞かせた。

後輩思いの冴木の言葉など耳に入らないといった様子で、彼は咲良の言葉を思い起こして思案中だった彩芽に向け、よく通る低い声音で宣言する。

「それでも構わないよ。ずっと会いたかったんだ。君にその気がなくても、俺の気持ちは今も変わらない。絶対に振り向かせてみせるから」

彼の言葉を彩芽はにわかに信じられず、瞠目することしかできない。

二の句を継げずにいる彩芽に代わって、再び冴木が棘のある言葉を放った。

「すごい自信ですね？」

けれども彼は一切怯むことはなく、彩芽に向けてまたしても信じられない台詞を投下する。

彩芽の様子に、翔がどうやら自分の子であると確信したらしい。

「あの夜、子どもを授かったら、君のことを自分だけのものにできると思った。それが現実となったんだ。君には大変な思いをさせて申し訳ないと思っている。けど、このチャンスはどんなことをしてでも、掴み取ってみせるから」

――ど、どういうこと？　意味がわからない。私、振られてたんじゃなかったの？

彼の口から語られる、予想外な言葉の数々に、大混乱をきたした彩芽は頭を抱えるしかない。

「今日のところは帰るよ。じゃあ、また」

動揺する彩芽に、彼は一方的にそう言い置くと、前回再会した時のように長身を翻し、颯爽と立ち去ってしまうのだった。

一瞬、冴木が自分に好意を持っているのではないかという考えが過ったものの、それ以上深く考える余裕などなく。

その後、謝罪してきた冴木と二、三言葉を交わしたのは覚えているのだが。

「勝手なことして悪かった。今更のこのこ現れて……って思ったら、つい」

「……いえ。巻き込んでしまって、すみませんでした」

「いや。それより大丈夫なのか？　送って行こうか？」

「大丈夫です。お先に失礼します」

内容は記憶にないし、この日はどうやって家に帰り着いたかもわからない。気づいた時には夜を迎えていた。

去り際、彼が口にした「また」の機会はすぐに訪れることとなる。

＊　＊　＊

彼から思いもよらない宣言を受けた日から一週間と経たない八月の上旬、世間は夏休み真っ只中。

この日の気温も高く、夏一番の暑さになりそうだという予報通り、朝から蝉もうんざりしそうなほどの、うだるような暑さに見舞われていた。

燃え立つような夕焼けが都会の景色に溶けいる頃になっても、アスファルトが吸収した熱のせいで、熱気は冷めないままだ。

いつものように他の者より早く退勤時間を迎えた彩芽が帰り支度を終え、通用口を出て裏通りから大通りに出ようかというところで、見知らぬ黒塗りの高級車がすぐ目の前で横付けされ停車した。

それを彩芽が避けようと思った時には、後部座席から降り立った彼――駿により足止めを喰らうこととなった。

「お仕事お疲れ様。急なことで申し訳ないけど、今から一緒に来てもらえないかな？」

「え⁉　でも、これから保育園に迎えに行かないといけな……」

「それなら心配ないよ。君のお姉さんにお願いしてあるから」

「……え？　姉にですか？」

いきなり眼前に立ちはだかるようにして現れた彼に、彩芽は驚きを隠せずにいた。それは仕方がないと思う。

まさか姉にまで話を通しているなんて、誰が想像できただろうか。

三年前に振られたはずなのに、彼のあの宣言の意味もわからないし、今更何を話すというのだろうか。翔のことなら別に責任を問うつもりもないのに……という気持ちもある。

だからといって、彼が嘘を吐いているようには見えなかった。

未だに彼を想い続けている彩芽の願望がそうさせているだけかもしれないけれど。

「詳しいことは車で話すから。行き違いもあるようだし、ちゃんと話がしたいんだ。だから一緒に来てほしい。頼むよ」

「……わ、わかりました」

彼の言うように、もしも何か行き違いが生じていたのだとしたら。彼の宣言に嘘偽りがないかどうかをしっかりと確かめておきたい。翔のためにも――

それだけじゃない。たとえ彩芽が拒否したところで聞き入れてもらえるような雰囲気ではない。

そんな彼の様子からも本気度が窺(うかが)えた。

だから最後には素直に折れて、彼に促されるままに後部座席に乗り込むことにしたのだ。

彼専用の運転手だという四十代の男性が運転する、高級車の心地良い揺れに身を任せること、およそ十数分。

その間車内では、咲良と彼が大学の同期で顔見知りだったことを聞かされた。

そしてそれに気づかなかった件に対して謝罪してもらった。

そうこうしているうちに到着した、高級感漂うお洒落なイタリアンレストラン。たった今店員に案内された個室で、テーブルを挟んだ彼と相対しているところだ。

この数日というもの、彼のことばかり考えていた。

三年前、何か行き違いでもあったのだろうかと色々と想像しては、そんなはずはない。彼は来なかったではないか、と幾度となく打ち消してきた。

そこに、古い友人がＹＡＭＡＴＯの従業員だという冴木から知り得た、彼のある噂までが追加され、彼に対する疑念までもが彩芽のことを悩ませていた。

彼とはちゃんと話さなければいけないとは思っていたが、いざ彼を前にすると、彼の口から真実を突きつけられるのが怖くなって、怯んでしまいそうになる。

その一方で、あの頃よりも男らしくなって、匂い立つような色香を纏う彼が醸し出す甘やかな雰囲気に呑まれて、今まで胸に大事に秘めてきた彼への想いが溢れてしまいそうだ。

何よりそれが怖くてどうしようもなかった。

想いが溢れて彼のことを受け入れてしまったその先で、もう一度三年前と同じ仕打ちを受けてしまったら、今度こそ立ち直れそうにないからだ。

レストランには事前に予約をしていたようで、料理をすぐに運んでいいかの確認を取った店員に、

「大事な話があるので、呼ぶまで待っていてください」

と彼は告げ、「畏まりました」と応えた店員はそそくさと個室を後にした。

シックなモノトーンで統一された個室には、なんとも重苦しい雰囲気が立ち込めている。まるで彩芽の心情を表してでもいるかのようだ。

彩芽は思わず膝の上で握りしめた拳にグッと力を込めた。

そんな中、口火を切ったのは彼だ。

「もっと早くに気づくべきだったよ。謝って済むとは思っていない。でも、まずは謝らせてほしいんだ。本当に申し訳ない」

姉のことも含めて、これまでのことを謝罪し、深々と頭を下げたまま顔を上げる素振りがない。

素性については、彼に名刺を渡されていただけで互いの連絡先を交換していなかったのだから、知らなくて当然だ。

杜若なんて珍しい名字はそうそうあるものではないだろうが、姉とは顔も似ていないのだ。彼の中で繋がらなかったのも頷ける。

何よりもう済んだことだ。今更謝罪されても困る。

「い、いえ、もう終わったことですから。頭を上げてください」

彩芽の声に弾かれるようにして顔を上げた彼が切実そうな声で訴えかけてくる。

「……君にとっては終わったことでも、俺にとっては現在進行形だから」

そんな風に熱っぽい瞳で見つめながら言われても、急な話だったし、そもそも三年前のこともあるのだ。すぐに信じられるわけがない。何を言われても、今更だとしか思えない。

彩芽は彼の瞳から視線を外しテーブルへと移した。

するとすぐに彼の切なげな声音が耳に届く。

「そんなに迷惑？」

迷惑というより、混乱しまくりで冷静に考えるような余裕がない。正直、どう答えればいいもかわからない。

彩芽は首を横に振り、胸の内を明かした。

「……迷惑っていうか、正直、混乱してます」

彼はハッとしたような顔をしたかと思えば、すぐに謝罪してきた。

「そうだよな、ごめん。じゃあ、一つずつ整理していこうか」

どうやら彼にも、彩芽を気遣うような余裕がなかったようだ。

「……はい」

＊＊＊

それからは、彼の近況へと移り変わっていった。

まずは、つい最近アメリカから帰国して、ＹＡＭＡＴＯの専務に就任していることから始まり、再会してからこれまでの説明を受けた。

ある顧客から彩芽の実家が経営する暁の話題があがった際に、咲良の妹であると知り、彩芽がシングルマザーとなり、勘当同然で家を出たという話を耳にし、子どもの年齢から、もしかしたらと思ったそうだ。

そのことを確かめようと、咲良に連絡するも「今更現れてどういうつもり？　話すことなんてないわ」と冷たくあしらわれ、何度も頭を下げたのだという。

姉とのやり取りの中で、行き違いがあるようだと確信し、姉にそのことを打ち明け、やっと職場を教えてもらい、今に至るらしい。

――再会してから今日までの間にそんなことがあったのか。それにしても、お姉ちゃんってば、どうでもいいことは話すくせに、肝心なことは言ってくれないんだから。

とはいえ、姉には彼と何があったかなどの詳細までは話していない。

頑なに口を噤んだままの彩芽の態度に、何かあっただろうとは勘づいてはいただろうが、事情を知らないのだから対処のしようがなかったはずだ。

おそらく、当人同士の話に下手に首を突っ込んでややこしくしたくなかったのだろう。

その裏には、彼の気持ちがどれほどのものか見定めるという意図もあったに違いない。

後は自分の目でしっかり見極めなさい。ということなのだろう。

だったらその想いを受け止めて、しっかりと見極めさせてもらう。翔のためにも――

あえてどちらの味方にもならずにいてくれた姉のおかげで、彩芽は怯みそうだった気持ちを奮い立たせた。ちょうどそこに、彼からの声が届いた。

「三年前の約束の日。実は、父が急病で倒れて行けなくなってしまったんだ。それで急遽君の同僚に言付けを頼んだんだけど。お姉さんや君の態度を見る限り。どうやら届いてはいなかったようだね」

まさかそんな行き違いがあったとは……夢にも思わなかった駿の告白に、彩芽は驚きを隠せない。思わず漏らした声も頓狂なものだった。

「……え？」

そんな彩芽の様子に、彼はやはり行き違いがあったと確信したようだ。

安堵したような、それでいて切なそうな、なんとも形容し難い複雑な表情で自身の胸の内を明かす彼の声音が切なく響く。

「やっぱりか。どうりで、いくら待っても来ないわけだね。俺、君に振られたものだと思ってたよ。けど家を出てまで俺の子どもを産んで育ててくれてると知って、もしかしたらって思ったんだ」

「――ッ⁉」

まさか、彼が自分と同じように、振られたと思い込んでいただなんて……驚きでしかない。

彩芽だって、三年もの間彼に振られたものだと思い込んでいたのだ。それが違ったと言われても、すぐには理解が追いつくわけがない。

放心状態で、呆然と彼を見つめることしかできないでいる。

彩芽の脳裏には、再会した彼から聞かされた彩芽への熱い想いと、三年前に彼と出会った日から今日までのことが呼び起こされて、走馬灯のように駆け巡る。

彼に振られたというのに、忘れることができなかった。初めて好きになった人だったのだ。

それでも振られたのだからと自分自身に幾度も幾度も言い聞かせてきた。

それがいきなり、行き違いだっただなんて、頭が追いつかない。大混乱どころではない。

けれどもその一方で、あれから三年もの間、彼も同じ気持ちでいてくれたこと、そして彩芽と同じように今も変わらず好きでいてくれていること——そう思うと、この上ないほどに嬉しいと思ってしまう。

ずっとずっと胸に大事に秘めていた彼への想いが、じわじわと後から後から、熱いものと一緒に込み上げてくる。

いつしか彩芽は涙を零してしまっていた。

戸惑いと歓喜とがない交ぜになって、心の中は大混乱を極めているはずなのに……

次々に溢れてくる涙がそれらの感情を押し流すようにして、これまで抑えていた彼への想いと一緒にとめどなく溢れてくる。

たがが外れたように、もう止まりそうにない。

ただ誤解は解けたものの、手放しでは喜べない。

彼は彩芽の実家が経営している暁の競合相手であり、祖父が目の敵にしてきたＹＡＭＡＴＯの御曹司だ。

冴木から聞かされた、彼の噂のことだってある。

いくら好きでも、その気持ちだけではどうにもならないことだってある。

それなのに……こんなにも自分の感情をコントロールできないだなんて。

感極まってしまった彩芽は、溢れる涙をどうすることもできずにいた。

その間にも、彩芽の視界の中の彼が動く気配がして、何かリアクションを取ろうにも動くことができない。

ただ呆然と涙でぼやけた目で、その様子を黙って見守ることしかできずにいる。

すると、徐に立ち上がった彼がこちらに歩み寄ってくる。彩芽のすぐ側まで来ると、三年前と変わらぬ蕩けるように甘やかな声音で、彩芽への想いを紡ぎ出す。

「この三年、君のことを忘れようとしたけど、どうしてもできなかった。ずっと引きずってたんだ。それくらい、君が好きだよ」

だがあまりにも唐突だったために、行き違いだったとわかったからって、すぐに切り替えなどできる訳がない。気持ちの折り合いがつかず混乱してしまっている。何だかまだ夢でも見ているかのような心地だ。

夢うつつの彩芽が気づいた時には、彩芽の身体は彼の腕に包み込まれていた。

彼の身体を通して、仄かに鼻腔をくすぐるフレグランスと温かなぬくもりが伝わってくる。

これは夢ではないのだと、現実なのだと、訴えかけてくる。

――本当に夢じゃないんだ。ど、どうしよう？　このまま離れたくない……

幾分気持ちも落ち着いてきたせいか、彩芽は不謹慎にもそんな呑気なことを思いつつ、喜びを噛みしめていた。

だというのに……甘やかだった彼の声音が、どういうわけか唐突に苦しげなものへと変化していく。

「今更だってことはわかってるんだ。今更現れて、君を苦しめるようなことになってしまって。君を泣かせてしまって。本当にごめん」

あたかも喉の奥から絞り出すかのような、切なげな声に彩芽の胸はたちまち締め付けられる。

彼の気持ちもわかる。三年もの間、すれ違ったままだったのだ。

だが彼ばかりが悪いわけじゃない。

彩芽だって、彼の素性を知っていたのだから確かめようと思えばできたはずだ。

けれどそうする勇気がなかった。振られていると思い込んでいたのだから、無理もない。それは彼も同じで、だとすれば責任はお互いにある。

流れる涙もそのままに、彼にそう伝えようとしていた矢先、再び彼の切ない声音が響いた。

「君の隣には、もう彼がいるっていうのに。それでもどうしても諦められそうにない」

どうやら冴木のことを誤解しているようだ。

——早く誤解を解かなくちゃ。

そう思い、彩芽は慌てて声を放った。

「あの、そのことなんですけど……」

けれど彩芽の声を遮るようにして、被せ気味に放たれた彼の言葉にかき消されてしまう。

「咲良さんから聞いたよ。ずっと支えてくれていた先輩なんだってね。ゆくゆくは結婚するってことも聞いた」

「——ッ⁉」

耳に届いた彼からの驚愕の発言に彩芽の目が点になる。もはや言葉など出てこない。

——ど、どういうこと？　ま、まさかお姉ちゃんってば。彼に嘘の情報を吹き込んで、彼のことを煽ったとか？

おそらく、三年もの間すれ違い続けているらしい二人の仲を進展させようとでも考えたのだろう。きっとそうに違いない。お姉ちゃんならやりかねない。

——あー、だからこの前も今日もやけに強引だったのか……

彩芽が一人脳内で慌ただしく思考をフル回転させている合間にも、彼の切ない声音は途切れない。

「それでも、どうにも諦められそうにないんだ」

放っておけばどこまでも続きそうだ。

それだけ自分と翔を想ってくれているのだと思うと嬉しいが、そうもいってはいられない。

少々お節介の過ぎた姉の思惑に気づいた彩芽は、彼の誤解を解くべく大きな声を放った。

「あの、誤解です。先輩はただの同僚です。結婚なんて考えたこともありません。それに私だって同じです。ずっと駿さんのことが好きでした。駿さんのことが忘れられませんでした」

そして想いを伝えてしまってから、彩芽はハッとする。そこへ——

「え？　そうなの？　何だ、そうだったのか。それなのに、俺も暴走してしまってごめん」

きっと姉の気性を知っているのであろう彼が瞬時に状況を理解し、謝罪してくる。

途端に誤解が解けた安堵感はどこかへ吹き飛んでしまう。代わりに、羞恥が津波のごとく押し寄せてくる。

彩芽は、真っ赤になってショート寸前だ。

それなのに……すっかり余裕を取り戻した彼は、彩芽の反応に堪らないというように嬉々とした声音で囁いてくる。

「それにしても、嬉しいなぁ。それに、そういう可愛い反応するところ、全然変わらないね。もう少しだけでいいから、抱きしめさせて」

そうして返答を待たずに、彩芽の身体を自身の胸へとなおも強く抱き寄せた。

見かけは王子様のように優しげで甘やかな雰囲気を醸し出しているのに、こんな風に不意に強引になったりする。

そういうところにドキドキさせられる。胸がザワザワとうるさいくらいに騒いでしょうがない。

それでいて、ただこうしているだけで不思議と心が安らぐ。本来自分のあるべき場所に戻ってきたようなそんな気さえしてくる。

――彼こそ、全然変わらない。

出会った頃に時間が巻き戻ったような錯覚に陥ってしまいそうだ。

そんな絶妙なタイミングで、彼が甘やかな声音で囁きかけてくる。

「君さえよければ、一からやり直させてほしいんだけど、どうかな？」

彼からの提案は、とても嬉しいけれど、祖父のことと噂が頭を掠め、彩芽は口を噤むしかない。

そんな彩芽を見て彼から、あたかも彩芽の心情を見透かしたかのような言葉が返ってきた。

「もしも君が応じてくれるのなら、君のお祖父様のことも、いつか必ず説得してみせる。だから、俺を信じてほしいんだ」

どうやら姉から祖父のことも聞いていたらしい。

彼からの予想外な言葉に驚く一方で、嬉しくもある。

だが冴木から聞き得た、彼の噂のことがあるため、モヤモヤした気持ちは完全には晴れないいまだ。

噂というのは、彼が婚約間近だというものだ。

社員の間では、婚約のために帰国したという噂で持ちきりらしい。

そのことが気にかかっていた彩芽は、ほとんど条件反射で問い掛けていた。

「本当に？　本当にそんなことできるんですか？　だって、婚約目前だって聞きましたよ？」

そうしたら彼は、事もなげに答える。

「ああ、そんなのただの噂だよ」

何だか拍子抜けだ。

「……本当に？」

それでも心配だった彩芽が念押しするも、彼は即座に力強くキッパリと断言する。

「神に誓ってもいいよ。君のことも、もちろん翔くんのことも、三年もの間離れていた分、絶対に幸せにしてみせる。だから、俺を信じてほしい」

婚約の件はただの噂だとわかったものの、祖父を説得するのは無理に思えた。

だが、彩芽は既に勘当同然で家を出た身だ。縁を切る覚悟などとっくにできている。

三年もの間離れてはいたけれど、こうして変わらず真っ直ぐに想いを紡いでくれる彼を信じたい。

そして今度こそ、三人で幸せになりたい——そのための一歩を踏み出す覚悟を決めて、彩芽は涙ながらにしっかりと声を紡ぎ出した。

「はい。信じます」

これから三人で歩んでいく未来が明るいものであるようにと願いながら——

5　魔法の言葉

三年越しの誤解が解けた日からもうすぐ一ヶ月が経とうとしている。

季節は、夏の盛りを過ぎて秋へと移ろいゆく初秋・九月を迎えたばかり。暦の上では秋となり、朝夕の気温も下がって、随分過ごしやすくなってきた。だが日中はまだまだ気温も高く、残暑の厳しい日々が続いている。

いつものように他の社員たちよりも一時間早く出勤した彩芽は、既に前日に仕込んだガナッシュの仕上げ作業中だった冴木に出迎えられ、先ほどまでお決まりのやり取りを繰り広げていた。

まだ時間も早く、店長も他の先輩方の姿もないため、広い厨房内はシンと静まりかえっている。

彩芽は、冴木が仕上げたばかりのガナッシュや、オレンジを輪切りにしてシロップで煮込み乾燥させたコンフィのチョコがけ――オランジェットをトレイに並べながら、艶々と美味しそうな光沢をうっとりと眺める。

――わぁ、今日も美味しそう。濃厚なチョコとオレンジとの相性も抜群なんだよなぁ。

……相変わらず大好きなチョコレートに魅了されながら、作業に勤しんでいた。

その最中、冴木の声が耳に届いた。

「で、あれから随分経つけどさ。その……翔の父親とは上手くいってるのか？」

一瞬、彼の顔が頭を過った。それだけで、顔が紅潮してしまいそうになる。彼の声までが耳元で再生される始末。

実は昨夜、彼と電話で話したばかりだったせいだ。

彩芽は、脳裏に浮かんだ彼から目の前の冴木へと無理矢理意識を切り替える。

そして人一人分隔てた隣で作業をしていた冴木に視線を向けた。

そこには、作業を中断した冴木の横顔が見て取れる。

冴木の視線が手元のチョコに落とされているせいか、表情に翳りが生じ、心なしか元気がないように見える。

そういえば、さっきの声にも覇気がなかったような気がする。

――話題が話題なだけに、聞きづらかったんだろうなぁ。

それでも、翔のことが心配でこうして気にかけてくれているのだろう。

この件では、姉の咲良をはじめ、冴木まで巻き込んでしまい、多大な迷惑をかけてしまった。

それなのに……まるで自分のことのように親身になってくれている。

だからだろうか、昔から冴木には何でも話せてしまうのだ。

そういう意味でも、彩芽にとって冴木は、先輩というよりも本当の兄のような存在だった。

これまでの関係性や駿との再会もあり、冴木の彩芽に対する好意のことはうやむやになってしまっている。

冴木には、彼との行き違いや誤解が解けたことも既に話していたし、応援もしてくれている。

こうして時折、相談にも乗ってくれていた。

「それが、帰国したばかりっていうのもあって、仕事が忙しいみたいで。まだ翔とは会えていないんです」

「……そうか。でも、やり取りは続いてるんだろ？」

「はい。昨日も翔が寝てから少し話しました。来週には時間が取れそうだって言ってたので。それまでに翔にも、彼のことをそれとなく伝えてみようかとは思ってます」

「なら安心した。翔とも上手くいけばいいな。まぁ、翔は人見知りもしないし、平気だろ」

「だといいんですけどね」

「こーら、そんな辛気くさい顔してんじゃねーよ。伝染するだろうがっ」

彩芽が不安になってシュンとしたりすると、いきなりデコピンしてきたりと、茶化したりしつつも。

「あっ、ちょっと。痛いじゃないですか～！」

「ハハッ、ざまぁ。先輩の俺より先に幸せになるからだ、ばーか。まぁ、けど、何かあったら言えよな。相談ぐらい乗ってやるからさ」

最後には、こうして優しく気遣ってくれていた。

本当に自分は周囲の人たちに恵まれていると思う。

――周囲の人のためにも、翔のためにも、しっかりしなくちゃ。さぁ、仕事仕事！

周囲の人たちに感謝をしつつ、今日も大好きな仕事に励む彩芽だった。


冴木との話にもあったように、帰国したばかりだった彼は多忙を極めている。

彼が予約してくれたレストランの個室で美味しい料理に舌鼓を打ちつつ、すれ違っていた互いの三年間のことを話した。

誤解が解(と)けたあの日。

三年ものブランクがあるとは思えないほどに、彼との時間は穏やかでとても楽しいものとなった。

相変わらず彼は、翔を産み育ててきた彩芽に対し、申し訳ないと何度も頭を下げてくれていた。

そして、翔にも早く会わせてほしいとも。

彼はすれ違っていた三年の時間をなんとか取り返し、早く埋めようとしてくれているようだった。

一夜を共にしただけで私たちは交際もしていないため、まずは翔を含めた交際から始めることにした。

交際よりも先に子どもを授かるという、普通の順序通りではないけれど、自分たちなりにゆっくりと本物の家族になっていけたらなと思う。

そこに、不安がないと言ったら嘘になる。

祖父のこともあるし、彼にすっかり聞きそびれてしまった、空港で見た女性のことも気にかかる。

何より、彼と対面した翔の反応が一番の気がかりだった。

諸々の不安はあれど、多忙を極めている彼はどうにか時間を捻出し、毎晩欠かさず電話をかけてきてくれている。

そうして彼は毎回のように、熱い想いを伝えてくれていた。

「毎晩ごめん。君の声を聞かないと不安になるんだ。けど、本当は一目でもいいから会いたい。もういっそのこと、同じマンションに引っ越しちゃおうかなぁ」

少々照れくさいのか、冗談めかしてはいるものの、あの甘やかな声音で囁きかけるようにして、情熱的な愛の言葉を幾度となく繰り出されてしまっては、彩芽の身も心も二人を引き合わせてくれた甘いチョコレートのようにとろとろに蕩けてしまいそうになる。何より心強い。

――今までみたいに、もう一人じゃないんだ。彼が寄り添ってくれているんだ。子育ても仕事も頑張ろう。

彼だけじゃない。咲良や冴木をはじめ周囲の人たちのおかげで、そう思うことができている。

今日も大好きなチョコレートに囲まれて、ショコラティエールの仕事に励む彩芽は、たった今終業時刻を迎えたところだ。

いつものように、明日使用する材料の計量と使用した道具類の洗浄も済ませた。

「お先に失礼します」

「おう、お疲れ～」

「お疲れさ～ん」

まだ作業中の店長や先輩方と挨拶を交わして、ロッカールームで着替えを済ませる。

いつも通りの時間に帰路へと着いた彩芽は、保育園に預けている翔のお迎えに向かった。

そうしていつもとほぼ変わらない、十八時前にマンションへと帰り着いたのだが。

翔の手を引いて玄関のドアを開けた彩芽の眼前には、珍しく仕事を早く終えていたらしい咲良と、この一ヶ月の間電話だけのやり取りが続いている彼の姿があった。

「彩芽も翔もお帰り～！」

脳天気なくらいに明るい声を放つ咲良の背後からひょっこりと顔を覗かせている彼は、キラキラと眩(まばゆ)いほどの王子様スマイルを浮かべている。

――ど、どういうこと？　いきなり現れるなんてびっくりするんですけど！

驚きを隠せないでいる彩芽の隣で、父親である彼と初対面を果たした翔は、不思議そうに小首を傾(かし)げてキョトンとしてしまっている。こうして一緒にいると、翔は彼によく似ていてとてつもなく愛らしい。

――か、翔ってば、可愛い。じゃなくて、まだ翔に何の説明もしてないんですけど！　一体これはどういうことですか？

まだ心の準備など一切できていなかった彩芽はもはや大混乱である。

混乱を極めている彩芽とは対照的に、えらくご機嫌な様子の咲良は、キョトン顔の翔に向けて、あっけらかんと言い放つ。

「翔。この人、翔のパパなのよ。良かったわね～？　これで思う存分肩車してもらえるわよ～！」

もしかしたら、お酒を飲んでいるのかもしれない。

何だか顔もほんのりと紅く色づいている気がする。

――ちょっと、お姉ちゃん。お酒飲むのは自由だけど、酔った勢いで言うことじゃないし！　何勝手に言ってくれちゃってんの？　翔が混乱するでしょっ！

姉に対して内心で激怒しまくりの彩芽だが、それよりも翔の反応が気になって仕方ない。

姉への憤りをなんとか抑え、恐る恐る隣の翔へと視線を移して様子を窺ってみる。

すると彼の顔を食い入るようにじーっと見上げていた翔が、「あっ！」と声をあげ、何かを閃いたような表情を浮かべた。

かと思えば、彩芽の手をパッと振りほどいて、トコトコと自分の部屋へと一目散に駆け出してしまう。

「あっ、ちょっと、翔？」

彩芽の呼びかけにも無反応で、部屋の前まで行くと開け放ったドアの向こうへと駆け込んでしまった。

大人三人が取り残された広い廊下には、ドアの閉まるバタンという音だけが虚しい音を響かせている。そこに咲良の呑気な呟き声が投下され、彩芽の憤りは最高潮に達する。

「あら？　翔ったら、どうしちゃったのかしら？」

「ちょっとお姉ちゃん。どういうつもりよ！　駿さんまで一緒に一体どういうつもりですか？」

二人の前に一歩進み出て、仁王立ちした彩芽が詰め寄る。

「何よ、私はあんたたちがぐずぐずしてるから、よかれと思って」

しかし咲良からは、逆ギレされてしまう始末だ。

「あっ、いや、それが急にスケジュールが空いて、そしたらたまたま咲良さんに連絡もらって、いてもたってもいられなくて。だからって連絡もしないで軽率だった。ごめん」

どうやら駿に至っては、咲良に唆されてしまったようだ。

――お姉ちゃんってば、何してくれちゃってんのよ！　もう！

激怒した彩芽が姉に文句のオンパレードを繰り広げようとした矢先――

たった今閉ざされたドアがガチャリと開け放たれ、なぜか一冊の絵本を胸に抱えた翔が現れた。

そうして部屋に入ってすぐの上がり框に上がったところで立ち尽くしている三人の元へと駆け寄ってくるなり。

「かーくん、しゅる。しゅる！」

手にした絵本をパッと開いて、懸命に何かを指さしている。

目線を下げて見れば、それは、翔の一番のお気に入りの絵本だった。

開かれたページには、小熊の男の子がお父さん熊とお母さん熊にそれぞれ片方ずつ手を引かれて、仲良くお散歩している様が描かれている。

どうやらそれを再現してほしいということらしい。

寝る前には、いつもその絵本を読んでほしいとせがまれてはいたが、ただ熊が好きだからだと彩芽は思い込んでいた。

だがどうもそうではなかったようだ。

幼いながらも、父親の存在を求めていたのかもしれない。

「いっぱい。いっぱーいっ！　しゅる。しゅる〜！」

これまでは、絵本を読んでいた際にも、親子のことをどう説明すればいいかわからず、あえて避けてきたというのもあった。

だが考えてみれば、保育園でもそういう場面に遭遇する機会だって少なくはない。

彩芽自身も、園に父親らしき男性が我が子の迎えに訪れる場面を幾度も目にしているのだ。

翔が父親と一緒に帰って行く子のことを羨ましく思っていたって不思議ではない。

それなのに……そんなことにも気づいてあげられなかったのかと自身を責める気持ちと、父親である彼を何の躊躇もなく受け入れている翔の姿に、やっぱり親子なんだなと嬉しい気持ちとがない交ぜになって押し寄せてくる。

思わず胸にぐっときて、彩芽は涙ぐんでしまっていた。

涙を止めようにも、次々に溢(あふ)れてきてどうにも止められそうにない。

「まんまぁ、ぽんぽん、いたい？」

そんな中、心配そうな翔の声が届くも、涙が邪魔をして声が出せない。

涙で滲(にじ)んでぼやけた視界の中でも、首を傾(かし)げた翔が彩芽のことをじーっと見上げている様が見て取れる。早く安心させてあげようにも、涙は堰(せき)を切ったように溢(あふ)れてきて、焦れば焦るほど喉がつっかえて言葉が出ない。

「しようがないわね」

そこに、微苦笑を漏らした咲良の声が割り込んできた。

「大丈夫。ちょっと目にゴミが入っただけだから、平気平気。それより翔、パパに肩車してもらいなさい」

「しゅるっ、しゅる～！」

機転を利かせた咲良のおかげで、翔の意識は父親である駿へと完全に移行し、翔に無用な心配をかけずに済んだ。

彩芽としては少々不本意ではあったが、翔はとても嬉しそうだし、彼も感動したのか目をうっすらと赤らめ嬉しそうに穏やかな笑みを浮かべている。

「ほら、もう突っ立てないで、あんたパパなんだから、翔の相手しなさいよねッ！」

「あっ、じゃあ翔くん。ママは目にゴミが入っちゃったみたいだから、肩車してもいいかな？」

「うんッ！　しゅるしゅる～！」

何より、咲良のおかげで初対面を果たした父子は違和感なく接することができているようなので、結果オーライである。

「彩芽もほら、翔が心配するでしょ！」

「……ありがとう。お姉ちゃん」

咲良にも、素直に感謝の気持ちを伝えることができた。

一体どうなるかと思われた彼と翔との初対面は、こうしてなんとか無事果たされたのだった。

＊　＊　＊

この夜、興奮しすぎたせいか、翔はなかなか寝付けずにいた。

パパと会えて遊んでもらったのがよほど嬉しかったのだろう。

駿と離れるのを嫌がって、ずっと独り占め状態だった。

ベッドに入って、駿にずっと絵本を読み聞かせてもらっているうちにいつしか寝落ちしてしまったようだ。

翔が寝入った後、駿からその報告を受けた彩芽は、彼と寄り添い合うようにして翔のあどけない寝顔を見つめているところだ。

――こうして彼と一緒に翔の寝顔を見つめているなんて、何だか不思議な気分……

彼に振られた一ヶ月後には妊娠が判明し、そして産むと決めてから彼と再会するまで、子育てに仕事に追われるめまぐるしい日々を送ってきた。

まさかこんな日が来るなんて、本当に夢のようだ。

けれど今、彩芽の隣には確かに彼がいて、自分たちの子どもである翔の寝顔を一緒に眺めている。

――これからは、こうして親子三人で一緒に歩んでいけるんだなぁ。

彩芽の胸は、じんわりと温かなもので満たされていく。

目頭が熱くなってきて、また涙が込み上げそうになる。

彩芽は、いつからこんなにも涙もろくなってしまったんだろうと思いつつ、必死になって泣くのを堪えていた。

そこに、翔の寝顔を蕩けるような眼差しで見つめながら、ボソッと彼が零した呟きが耳に届く。

「可愛くてどうしようもないね。ずっと見ていたいくらいだよ」

「ふふっ、そうですね」

彩芽も思わず笑みを零していた。

すると隣の彼がすーっと手を伸ばしてくる。そうして彩芽の頬を包み込むようにして触れてきた。

ビクッと肩を竦めた彩芽の鼓動は、尋常じゃない速さで騒ぎ始める。

「ひゃッ!?」

思わず口から素っ頓狂な声が飛び出した。恥ずかしくて顔から火でも噴いてしまいそうだ。

せっかくの二人きりの時間だというのに、色気も何もあったもんじゃない。

――いやいや、寝てるとはいえ翔の前だし、色気なんて必要ないんだけど。好きな人の前だからというだけだ。

羞恥心と後悔とに襲われた彩芽は、シュンと落胆していた。

だが彼は、どういうわけか彩芽以上にシュンとした様子で大慌てで手を引っ込め、謝罪の言葉を口にする。

「怖がらせてごめん。翔くんに受け入れてもらえたのが嬉しくて……つい、はしゃいでしまったよ。急に襲ったりしないから安心してほしい」

どうやら彼は、彩芽が急に触れられたことを怖がっていると勘違いしているようだ。

こういうところも変わらない。三年前のあの夜だってそうだ。

処女だった彩芽のことを何よりも一番に気遣って、大切な宝物にでも触れるように、終始、優しく触れてくれていた。

だからこそ、彼のことを忘れられずにいたのだ。

けれど今こうして一緒にいられる。そのことに感謝すると同時に、ずっと一緒にいられるように努力だって必要だろう。

三年前みたいに、もうすれ違ったりしないようにするためにも、これからはちゃんと気持ちを伝えていかなければならない。

そうは思っても、大人になると思ったままを素直に行動に移すのは難しい。

――ダメ、ダメ。これからはちゃんと伝えなくちゃ。自分のためにも、翔のためにも。

彼との思い出に耽っていた彩芽だったが、彼の誤解を解くべく意を決して口を開いた。

「あのっ、違うんです。驚きはしましたけど、怖くなんてありません。むしろ、もっともっと触れてほしいくらいですからっ！」

けれど言ってしまってから、大胆なことを言ってしまったと気づく。彩芽の顔はボンと発火するほど真っ赤に染まる。

一方彼は、キョトンとして固まってしまっている様子。

そんなキョトン顔でさえも様になっているのだから、羨ましい限りだ。

彼の反応を目にした彩芽は、少々とんちんかんな思考に偏りかけていたが、今はそれどころではない。

大慌てで自身の発言について誤解を解こうと声を放つも。

「あのっ。変な意味じゃないですからね？　誘ってるとかじゃないですから。勘違いしないでくださいねっ！」

狼狽えるあまり、かえって誤解を招きかねない台詞を口にしてしまうのだった。

再び、ハッと我に返った彩芽は、自身の言葉に自己嫌悪する羽目になる。

――これじゃあ逆効果だ。本当に誘ってると誤解されたかもしれない。もう、私ってば何やってんの？

そんな彩芽の元に、ふっと柔らかい笑みを零した彼から、予期せぬ言葉が返ってくる。

「翔くんも君も、可愛すぎ。もうこのまま家に連れて帰りたいくらいだよ」

その声に、やはり誘っていると勘違いされたのかと思った彩芽が反論を返そうとするよりも先に、彼により抱きしめられていて、それは叶わなかった。

そして続けざまに放たれた、彼からの予期せぬ提案に、彩芽の思考は瞬時に停止してしまう。

「ここまで翔を大事に守り、こんな優しい子に育ててくれたことにも言い尽くせないほど感謝しているよ。本当にありがとう。これからは、父親として夫として、未熟ながら一緒に育てさせて欲しいんだ。どうかな？」

「……え？」

彼と誤解が解けた際にも、近いうちに一緒に暮らしたいとは言われていたし、彩芽自身、そうなるのが自然だとも思っていた。けれどこんなにも早くとは思いもしなかったため、嬉しくてしょうがない。

感激のあまり言葉が出なかったが、それでもなんとか絞り出した声はとても間抜けなものだった。

だが彼の言葉は、留まることはなかった。

呆けている彩芽を抱きしめている腕の力を緩めた彼は、ゆっくりと彩芽の顔を覗き込むようにして顔を寄せてくる。

彼の甘やかな相貌が眼前まで迫ってきた。今にも互いの吐息がかかってしまいそうな至近距離。彩芽の胸の鼓動はそれまで以上にドクドクと騒ぎ始めた。

そこへ、真剣な表情をした彼が、蕩けるような甘い、それでいて熱い眼差しで見つめつつ、甘やかな低い声音で優しく囁くように問い掛けてくる。

「本来ならば君のお祖父様の許可を得てからが好ましいけど、すぐには無理だから、まずはご両親にだけでもご挨拶させてほしい。それから、このマンションの最上階で一緒に暮らしたいと思っているんだ。もう契約も済ませていつでも住めるように手配してある。どうかな？　君の気持ちを聞かせて欲しい」

彼の王子様然とした所作に目を奪われ、魅了された彩芽は思わずうっかりコクンと頷いてしまいそうになる。

けれども、まさか何の相談もなく契約まで済ませていようとは思いもしなかった。それに、彩芽に意見を聞いてはくれているが、これではほとんど決定事項も同然だ。

彩芽は驚きを通り越して、放心状態に陥った。

無理もないだろう。翔との対面がスムーズにいったとはいえ、まだ数時間ほどしか経っていないのだから。

それなのに……翔との対面を待たずしてマンションの契約を済ませていた彼に、彩芽の心が追いつくはずがない。

混迷を極めている彩芽の元に、再度彼の声が届いた。

「一日でも、いいや、一分でも一秒でも早く。父親としての責任を果たすためにも、夫として、君の役に立ちたいんだ。三年もの間、君に大変な思いをさせてしまった分、取り返したいんだよ」

それは、翔を授かったことに責任を取るという意味？

だったら、翔がいなければこんな風に一緒に時間を共有することもなかったのだろうか。

彼の言葉で、彼と再会してから、舞い上がってしまっていた気持ちが急激に冷えていく。

ようやく冷静さを取り戻した彩芽は、彼の胸を押し返しながらキッパリと言い放つ。

「責任を果たしたいなんて言われても困ります。私は、今も変わらず好きでいてくれてると思ったから、駿さんとやり直したいって思ったんです。責任を感じてるだけなら、一緒には暮らせないし、やり直すことなんてできません」

彼のことは、三年もの間忘れられずにいたくらいだ。忘れるには時間が必要だろう。

けれど今ならまだ間に合う。

お互いが好き合っているならともかく、そうでないのなら、このまま一緒にいても幸せになんてなれるわけがない。

義務で一緒にいるくらいなら、今別れた方が良いに決まっている。その方が傷も浅く済む。

――そうじゃなきゃ、翔が可哀想だ。

彩芽は、彼から何を言われても流されたりしないようにと、毅然とした態度で正面の彼へと向き直った。

彼は彩芽の突飛な言動に驚いているようで数秒ほど放心していたが、すぐに表情を引き締め険しい顔つきになり、眉間に皺まで寄せている。

何かを考えているようだ。

おそらく、彩芽をどう説き伏せようかとでも思案しているのだろう。

王子様然としていてとても優しい彼だけれど、結構強引だし口の上手いところがある。

――三年前は、コンプレックスを吐露したことで、呆気なく流されてしまったけれど、そうはさせない。翔のためにも何があってもこれだけは譲れないんだから！

「そういうことなので、お帰りください」

彼が何かを言ってくる前に先手を打ったのだが、彼からの返答もまた頑なものだった。

「嫌だ。君の誤解を解くまでは帰るつもりはないよ」

毅然とした態度できっぱり言い切った彼は、さすがはＹＡＭＡＴＯの御曹司だと思わせる気迫と威圧感を放っている。

一瞬、迫力負けしそうになるも、彩芽だって負けてはいられない。

冷静さを欠いてしまっている彩芽は、彼の言葉を跳ね返すつもりでピシャリと言い捨てた。

「何が誤解だって言うんですか？　責任を取るだけのために一緒にいられても、嬉しくなんてないし、お互いが不幸になるだけです」

「だから、それが誤解だって言ってるんだよ。翔くんの父親、そして君の夫としての役目を果たしたいと言ったつもりだったんだよ。誤解させてしまって、本当にごめん」

――何？　どういうこと？

頭に血が上りカッとなってしまっていた彩芽は、ここへきてようやく我に返る。

――あっ、じゃあ妊娠させせた責任を取るって意味じゃなかったんだ。

そこへ彩芽の微かな機微を感じ取ったらしい彼から、ここぞとばかりに、彩芽に対する熱い想いが絶妙なタイミングで紡ぎ出された。

「君が同じ想いでいてくれたってわかってから、三年もの間募っていた想いが溢れてどうしようもないんだ。それくらい、君が好きだよ」

「――ッ！」

彩芽が何かを返そうにも、彼の告白は溢れ出るかのように止まらない。

「声を聞くたび、こうして会うたびに、どんどん好きになってる。もう好きなんて言葉では足りない。愛してるんだ。だから、君のことになると冷静じゃいられなくなるし、一刻も早くって気ばかりが急いてしまうんだよ」

彩芽は今度こそ思考が追いつかずに、思考停止に陥ってしまいそうだ。

「……俺、正直翔くんに会うまでは、すごく不安だったんだ。父親だって言っても、実感なんて持てなかったし。一度も会ったことがないのに、ちゃんと受け入れてもらえるのかって」

正直、何もかもが意外でしかなかった。

あくまでもこれは、彩芽にとって最悪でしかなかった彼との初めての出会いから、彩芽が勝手に抱いた彼への印象だが。

物腰の柔らかな口調といい、飄々(ひょうひょう)とした態度といい、誰も彼も魅了してしまう煌(きら)めくほどの王子様スマイルといい……

そんな彼の王子様然とした完璧な振る舞いや外見から抱く印象とが相まって、どこか胡散臭いとさえ思っていた。

彼に対して失礼極まりないことだが、そう思ってしまっていたのは紛れもない事実だ。

だから当初は、警戒心を抱いていたくらいだ。

そんな彼が、失恋したばかりだと聞いて、意外だったし、親近感を覚えたのも事実。

彼との距離がグッと縮んだのは、チョコレート談義が弾んだのも大きかったけれど、彼とは対極の出来事に見えた失恋という言葉がきっかけだった。

彼の言葉でそのことを思い出した彩芽の心に、彼からの言葉がじんわりと染み渡っていく。

王子様然とした見かけの彼からポロポロと零(こぼ)れ落ちてくる、綺麗に彩られた煌(きら)びやかな言葉ではなく、飾り気のない不格好とも取れる本音が彩芽の胸を打つ。

彩芽も不安だったからこそ、彼に翔を会わせることには慎重になっていた。彼が不安になるのも当然だと思う。

それなのに……彩芽は自分のことばかりで、彼の気持ちなど考えもしなかった。

そのことに思い至った彩芽は、途端に彼に対して申し訳ない心地になってくる。

けれども彼の言葉は留まることを知らないかのように、次々に紡ぎ出される。

「こんなことで誤解させてるようでは、君だって不安だよな。当然だと思うよ」

珍しく頼りない声で紡ぎ出された自嘲じみたものからはじまり、三年前に話が及んだかと思えば、彩芽の心情を見透かすかのような言葉が飛び出してきた。

「それに三年前に再会を果たした合コンでなんて、俺のことすごく警戒してたくらいだもんね。どうせ、ヘラヘラした軽薄な男だとでも思われていたんだろうな」

ぎくりとした彩芽の心臓がドックンと盛大に跳ね上がる。

――ば、バレちゃってたんだ⁉

「そ、そんなこと……ありませんよ……？」

彩芽は狼狽(うろた)えるあまり、棒読みで否定するという大失態を犯してしまう。

けれど彼は、特に気にする風でもなく彩芽のことをフォローしてきた。

「ごめん。別に謝罪してほしかったわけじゃないんだ。あの時は君の気を引くのに必死だったからだし、誤解されるのも慣れっこだったし」

……慣れっことは、どういうことだろうか。

彩芽が訝しげに首を傾げていると、彼からそれについての返答がなされた。

「俺、あの時失恋したって言ったと思うけど。あれ、いつものことだったんだ。俺の肩書きや見た目で寄ってくるばかりで、俺の中身なんて見ようともしてくれない。いつも誤解されて振られてばかりだった」

——そ、そうだったんだ。そんな過去があったなんて、モテるのも大変なんだな。

そんなことを思っていると、不意に見たこともない想像上の女性の影が脳裏にチラついてくる。なんだか無性に面白くなくて、彩芽は慌てて頭を振ることで追い払った。

その間にも、彼の話は続いていく。

「そのことで少し自暴自棄になってたんだ。そんな時に君に出会ったんだよ。話してると心が安らいで、楽しくてしようがなかったよ。気づいたら素になってて自分でも驚いた。君はそれまで出会ってきた女性とはまるで違っていて。君とならって思ったんだ」

切なげな声音で切々と紡ぎ出される、これまで明かされなかった彼の胸の内に、彩芽の胸はぎゅっと締め付けられる心地がする。

——そんな風に思っていてくれてたんだ。

驚くと同時に嬉しくもある。

それなのに、自分は彼に偏見を持ってしまっていた。

それに関しては、ずっと振られたと思っていたのが大きな要因なのだけれど。

彩芽の心は最大限に揺さぶられる。そんな彩芽の胸中には、様々な想いが入り乱れていた。

――と、とにかくここは一旦落ち着こう！　しっかり彼の言い分を聞いて、それからちゃんと見極めよう。

彩芽は彼の声に静かに耳を傾け続けた。

「だからこそ、君には、がっついたりして嫌われたくなかったんだ。結果、君に辛い思いをさせてしまった。自分で自分が情けないよ。本当に不甲斐ない男だって思う」

ここまで彼が紡ぎ出した声音は、頼りないものだったが。話が翔のことに及んで――

「けど、翔くんに会ってみて、一緒に過ごす中で思ったんだ。早く親子三人で一緒に暮らしたいって。そのためにも、このままじゃいけないって思わされた。それで焦ってしまったんだ。どうも俺は、君のこととなると冷静ではいられなくなるらしい。そのせいで誤解させて本当にごめん」

彩芽を誤解させてしまったと謝罪する彼は、神妙な面持ちで頭を下げてくれている。

なかなか頭を上げようとしない彼に見かねた彩芽は思わず声をかける。

「もうわかりましたから、頭を上げてください」

「そんなに簡単に許しちゃダメだよ」

けれど彼は、彩芽に許しを請うているはずなのに、自ら正反対の言葉をピシャリと言い放った。

彼の真意がまったく掴めない。

唖然としてしまっている彩芽の元に、頭を上げた彼が真剣な眼差しを向けてくる。

これまで一度も目にしたことがない、怖いくらいに、意志を宿した強い視線。

その瞳に捉えられただけで、息をするのも忘れてしまうほどに。胸が苦しくなってくる。

彩芽は思わず胸元の服をギュッと掴(つか)んだ。

そこに再び、彼から強い視線同様、決然とした声音が響き渡る。

「君はこの三年の間、家出同然で家を出た。そして翔くんを産んで育ててくれた。それは俺のことを好きでいてくれたからだと思ってる。本当に嬉しかったよ。違うかい？」

まさかそんな風に問い掛けられるとは思ってもおらず、驚いたが、首を左右に振ることで、肯定の意を示した。

すると、一瞬だけ硬かった彼の表情がふっと緩んだ。

どうにも堪(たま)らないというような表情を見せた直後、表情をキリッと引き締めた彼は再度決然とした低い声音を響かせる。

「だから今度は俺が頑張る番だ」

それは彼自身が自分に言い聞かせているようにも聞こえ、耳にした彩芽の胸までを熱くする。

その言葉を皮切りに、彼の声は意志の籠もった、強く揺るぎないものへと移り変わっていた。

「これから少しずつ行動で示していくから。君にも翔くんにも安心して頼ってもらえる、頼もしい男になってみせるよ。だからそうなれるように側で見届けてほしいんだ」

そんな駿の姿に、彩芽の心情もまた変化していった。

いつしか彩芽の胸中は喜悦で満たされていて、今にも溢れてしまいそうだ。

「いや、もう格好悪いとこ全部曝け出したし、尻込みなんてしてる場合じゃないな。君が一緒に暮らすと言ってくれるまで帰らない。もう一歩も動かないから」

とうとう最後には強引な台詞が繰り出されたが、口ぶりとは裏腹に彼の不安な思いがチラチラと見え隠れする。

けれど何もかも曝け出した彼が本気で変わろうとしてくれていることが窺える。そう、すべては彩芽と翔のために――

言葉に込められた彼の必死な想いが、あたかも魔法にでもかかってしまったかのように、彩芽の心の奥底までゆっくりと染み渡っていく。

気づいた時には、彩芽は潤んだ瞳から透明な大粒の涙を零してしまっていた。

そんな彩芽の身体を彼は優しくそれでいて強くしっかりと包み込み、続けざまに彼が熱い言葉を耳元に囁く。

「君のこととなるとこのザマだよ。格好つかないにも程があるよな。泣かせてごめん。こんなこと初めてだよ。けど、それくらい君が好きだよ。愛してるんだ。だからもう絶対に君を失いたくないんだ。一生かけて幸せにするから、俺を側にいさせてほしい」

囁きを落とした彼は彩芽の身体を強い力で掻き抱くようにして、ぎゅぎゅうと抱きしめた。

言葉の通り、今度はもう何があっても決して離しはしないというように、力強くしっかりと。

小柄な彩芽にとって、見上げるほどの長身である彼の腕の中は、彩芽の身体がすっぽり収まってしまうくらい、広くて逞しい。

そんな彼の心臓の鼓動の音色が切なく伝わってくる。

彩芽がどう答えるか不安なのかもしれない。

三年前のあの夜、処女で不慣れな彩芽とは違い、終始落ち着いていた彼。

きっと、さぞかし経験豊富なのだろうと思った。

華やかな彼とは何もかも正反対の、地味な自分のことなどすぐに忘れられるだろうとも思っていた。

けれど何もかもが完璧だと思っていた彼にも、人知れず悩みがあって。

そんなことは当たり前なのに、今の今まで考えてもみなかった。

彼があえてそういう部分を見せずにいたからでもあったのだろう。

でも今、彩芽の前ではこうして何もかも曝け出してくれた。

何より、こんなにも必死になって彩芽のことを引き留めようとしてくれている。

自分の人生に彩芽が必要なのだとなりふり構わずに――

だから今度は、彩芽が彼の想いに応える番だ。

尻込みしている場合じゃないと彼が言っていたように、こんな風に泣いている場合じゃない。

彼の想いに応えるとは、これからの人生を彼と一緒に歩んでいくということだ。

そのための第一歩を踏み出さなければ——

これまでどこか漠然としていた未来がわずかにだが開けたような、そんな気がした。

泣くのをやめて前だけを見据え、彩芽は凛とした声を紡ぎ出す。

「駿さん」

しっかりとした口調で名前を呼ぶ彩芽の声に、ピクッと反応を示した彼は、腕の力を緩めゆっくりと顔を上げてくる。

「うん」

その声も表現もどこか不安げだ。

そんな彼の姿までもがどうしようもなく愛おしく思えてくるのだから、本当に不思議だ。

これまで見ていた表面上のどこか取り繕われた優しいだけの彼ではなく、彼の内面をもっともっと知りたいとも思う。

彩芽の前でだけ素になれるのなら、それを余すことなく曝け出してほしい。

これから彼と家族になるためにも、彩芽はその一歩を踏み出した。

「私、駿さんのことをずっと誤解してました。それは三年もの間、振られたと思ってたからですけど。どこかで、翔がいるから仕方がなく責任を取ろうとしてるんだって思ってたんです。だから『責任』っていう言葉に過剰に反応しちゃったんです」

彼は、わずかにホッとしたように息を吐いた。

「そんなの当然だよ」

けれどまだ安心などできないと思っているのか、表情はまだ硬いままだ。

そんな彼の姿に堪らない心持ちになってくる。

駿に対して母性本能にも似た感情を抱いた彩芽は、今度こそ彼の想いに応えるべく慎重に言葉を選んで紡ぎ出した。

「でも、本当はそうじゃなかったんです。駿さんが私のことを好きだなんて、そんなことあるはずないって思っていました。そんな風に思っていたのは自分に自信が持てなかったからだったんだって、今確信しました」

気が急いてしまっているせいか肝心な言葉が抜けていたが、彩芽にその自覚はない。

「……えっと、それって……どういう」

彼は彩芽の言葉をどう解釈していいものか推し量れずといった風情だ。わずかに首を傾けた怪訝な表情で、彩芽の様子を窺ってくる。

王子様然とした彼の容貌ゆえに、その表情でさえもが愛おしくてしようがない。

彩芽は叫ぶようにして思いの丈を彼にぶつけてしまう。

「翔の母親である私じゃなくて、私自身を見てほしかったんですよ。それだけ駿さんのことが好きだってことです。愛してるってことです。だから、これからもずっとずっと好きでいてくださいね」

当の彼はといえば、にわかには信じられないという表情で放心状態のようだった。

彼の返事を待つわずか数秒足らずといえど、その間がどうにも気恥ずかしい。

「心変わりなんかしちゃ嫌ですよ。そんなことしたら、一生、死ぬまで恨みますからね」

苦し紛れにそう口走って彼の首にギュッと抱きつけば、我に返ったらしい彼にガバッと引き剥(は)がされた。

かと思った次の瞬間には、微(かす)かに潤んで赤みと燃え立つような熱を帯びた彼の瞳に見据えられていた。

「心変わりなんかするわけないだろう。もう何があっても一生離してあげないからね」

少々強引とも取れる情熱的な宣言をしてきた彼によって、気がつけば彩芽の唇は奪われてしまっていた。

その瞬間、彩芽は三年前のあの夜に時間が舞い戻ったかのような錯覚を覚えた。

けれどその時とはまったく違う。

取り繕われていた表面上の彼ではなく、彩芽の前でだけ限定された素の彼だと思うと、特別感が増す。

その喜びは格別だ。

そこに、たった今自覚した彼へ対する強い想いが加わればもう何も怖いものはない。

あとはもう彼にすべてを委(ゆだ)ねて酔いしれるだけ——

三年越しの想いがしっかりと実を結んだのだから無理もない。

彩芽は彼との甘やかで熱い情熱的なキスを受け入れ、うっとりと酔いしれていた。

彼もまた同じ想いでいてくれているのか、彩芽の舌も呼吸も溢れる唾液でさえも、何もかも根こそぎ奪い去るような勢いで、キスはどんどん激しさを増してゆく。

彼と交わす情熱的で濃厚なキスに、息継ぎもままならない彩芽は、頭がくらくらとしてきて今にも溺れてしまいそうだ。

それでもなんとか彼に追いつこうと彼のペースに合わせて、たどたどしくも必死に舌を絡めて応じた。

やがて彩芽の口腔だけでなく、身も心も蹂躙し尽くした彼のキスから解放されたのだが……

途端に、切ないぐらいの物寂しさに襲われた。

――彼ともっともっと触れ合っていたい。彼ともっともっと深いところで繋がり合いたい。

彩芽は、そんなはしたない願望を抱いてしまっていた。

そんなことを考えた自分に対して羞恥を抱きつつも、どうにも感情を抑えることができない。

どうやら彼も同じ気持ちだったらしい。

彼は、キスから解放した彩芽の身体をそうっとラグの上へと横たえ、愛おしそうに見つめてくる。

そこに切なげな声音を響かせた。

「ごめん。三年分の想いが溢れて、もう自分を抑えられそうにない」

　そうして続けざまに、蕩けるように甘やかな眼差し同様、甘美で情熱的な台詞を囁いてくる。

「彩芽のこと、今すぐもう一度俺だけのものにしてもいい？」

　彼の匂い立つような色香と甘やかな雰囲気に呑まれてしまっている彩芽は、何の躊躇もなくコクンと素直に頷いてしまう。

　彼は一瞬だけ驚いたように瞠目したが、彩芽に受け入れてもらえたことが嬉しいのか、堪らないというような風情で、彩芽の頭を包み込むようにして自身の胸に抱き寄せた。

　あたかもこの喜びをじっくりと噛みしめるかのように――

　二人の周辺には、幸福感に満ちた甘やかな雰囲気が立ち込めている。

　あとはもう二人の世界に酔いしれるだけ。

　彩芽のことを今一度抱き寄せた彼がゆっくりと彩芽の身体を解放し、蕩けるような眼差しで見つめ返してくる。

　彩芽は彼に応えるために、目を閉じすべてを委ねようとした。その矢先――

「まんまぁ」

　二人が身を寄せているすぐ側のベッドで熟睡していたはずの翔の寝ぼけた声が部屋に響き渡った。

　ドキンッと肩と心臓とが跳ね上がった彩芽同様、彼も身体をビクンとびくつかせる。

　二人で顔を見合わせてから恐る恐るゆっくりと翔へと視線を向けると、彼はスヤスヤととても気持ち良さげに熟睡していた。

どうやら寝言だったらしい。

ホッと安堵した二人が再び同じタイミングで顔を見合わせた刹那、彼がボソッと呟く。

「強力なライバル出現だな」

「ふふっ」

言葉とは裏腹に、彼はとても嬉しそうに微笑んでいる。

それが無性に嬉しくて、彩芽は心からの笑みを零した。

6　惹かれ合う心

彼と翔との初対面が実現してから二週間後の、九月二十四日、日曜日。

彩芽は朝から引っ越し作業に追われていた。

といっても、姉の所有するマンションの中層階の部屋から、彼が準備した最上階の部屋へと移動しただけだ。

家具などは備え付けのものがあるし、ほとんど彼が手配した業者に任せてくれていた。

翔のお気に入りのおもちゃや貴重品を運んだだけなので、さほど時間も手間もかからなかったが、翔にとっては大きなイベントとなったようだ。

父親である彼——駿と一緒に暮らすことを翔に伝えると、それはもう大はしゃぎだった。

彩芽や駿からすれば、生活環境が変わることで、せっかく落ち着いている翔の夜驚症がぶり返さないかと少々不安を抱いていたのだが、拍子抜けするほどだった。

「こればっかりは、その状況になってみなければなんとも言えませんねぇ。ですが、その頃から時間も経っていて、保育園にも順応できているようですし。案外上手くいくかもしれませんよ」

かかりつけの小児科医にも相談してみたが、なんとも曖昧な返答がなされただけだった。

だがここ数日、引っ越しが待ち遠しくて少々興奮気味で寝付きが悪いだけで、夜驚症の症状は出ていないので、案外大丈夫なのかもしれない。

彩芽にとっての一番の心配事が解消されつつあったのもあり、まだ籍は入っていないが、親子三人の晴れの門出となる今日の日に相応しい、晴れやかな気持ちで迎えることができている。

もちろんそれは、頼もしい駿の存在があるからこそだ。

正午を迎える頃には、引っ越しも一段落し、吹き抜けのある開放的なリビングで、コンシェルジュが届けてくれたばかりのケイタリングの料理をテーブルに並べようかとしていた彩芽と駿は、翔にせがまれ部屋を探検中である。

たった今足を踏み入れた子ども部屋に入るなり、夏の太陽に向かってめいっぱい満開の花を咲かせたひまわりのごとく、満面の笑みを湛えた翔は大興奮だ。

元々大きな瞳をこれでもかと見開き感嘆の声を上げつつ、ぴょんぴょんと飛び跳ねて喜びを身体全体で表現している。

「わぁ！　しゅごいっ！　しゅごーい！」

それもそのはず。彼が父親や親族に勧められてリノベーションをしたのだという子ども部屋の壁には、翔の大好きな絵本に登場するあの熊の親子が描かれているからだ。

それだけではない。翔の好きな戦隊もののおもちゃに始まり、幼児向けのテレビアニメのキャラクターなどなど。ありとあらゆる知育玩具までがパステルカラーで揃えられたボックスタイプの棚にズラリと収納されている。まるで小規模なおもちゃ屋だ。

おもちゃ屋と化した翔の部屋で、はしゃぐ翔の相手をしている彼の童心に帰ったような無邪気な笑顔を見つめながら、彩芽は彼と住むことを決めてからこれまでのことを思い浮かべていた。

一週間前には、彼の要望通り、彩芽の両親への挨拶も終えている。

両親に会う前、彼は真実を包み隠さず話すと言ってくれた。

さすがに合コンで出会ったその夜に関係を持ったとは口が裂けても言えず、交際していたが行き違いがあったため別れ、その後になって妊娠が判明した、ということにしてあった。

その際には、普段温厚な父が気色ばみ声を荒らげるという緊迫した場面もあった。

「何があったかなんて聞きたくもない。いくら事情があったとは言え、別れて三年も経っているんだぞ。それを今更のこのこ現れて、やり直したい、結婚したいと言われたって信じられるか！　もしまた上手くいかずに別れることになってみろ。身勝手に振り回される翔が可哀想だ！」

取り付く島もない父の憤慨ぶりに、自身の目を疑ったほどだ。

これまで父は、事情を話さない彩芽には何も言いはしなかったが、相手のことは相当腹に据えかねていたらしい。

けれど彼は怯むことなく、両親に対して、終始真摯な態度で誠心誠意言葉を尽くしてくれていた。

「もちろん許していただけるとは思っておりません。これまで苦労かけた分も、彩芽さんと翔くんのことを精一杯幸せにさせていただきたいと思っております。そのためにも、まずはお祖父様にも認めていただく必要があると考えております。それにはもう少しお時間をいただきたいのですが、ご存知の通り、咲良さんのご厚意により、もう既に翔くんには父親だと名乗ってしまいました。まずは一緒に暮らして、父親としての務めを優先させていただけないでしょうか？　どうかよろしくお願いいいたします」

父も咲良のお膳立てと言われれば何も言えず、別室で咲良と遊んでいた。翔の彼への懐きようも目の当たりにした直後ということも幸いしたのだろう。

また、母からの援護射撃も決め手だった。

「あなた。翔の気持ちが第一だわ。さっき神宮寺さんと一緒に手を繋いでとっても嬉しそうだったんですもの。ここは翔のためにも許してあげましょうよ？　先のことを考えると両親がいた方がいいでしょうし、目に入れても痛くないぐらい可愛い孫が喜んでいるのに引き離したくないわ」

母のこの言葉により、駿と一緒に三人で暮らすことを父に承諾してもらえたのである。

けれどもまだまだ気持ちは収まらないといった様子で、父は口を真一文字に引き結び、仏頂面を決め込んだままだった。

だがその後設けられた翔を交えての食事会では、無類の酒好きである父は彼から珍しい酒を注がれて、処世術に優れているらしい彼の話術も功を奏し、いつの間にか上機嫌で酒を味わっていた。

これはこっそり耳打ちしてきた母から聞いた話だが、娘しかいない父はいつか娘の婿と酒を酌み交わすのが夢だったそうだ。

それでも一度は反対した手前、表面上彼に対しては、何やかんやお小言を零していた。

けれども終始聞き役に徹して嫌な顔もせず、絶妙なタイミングで彼に酌をされていた父は、満更でもないご様子だった。

加えて翔も久々に祖父母に会えたのが嬉しかったようで、大好きな祖父の膝にちょこんと腰を据えて、上機嫌だった。

「じぃじぃ、じぃじ～！　だっこだっこ～！」

そう連呼しつつ、キラキラ可愛い王子様スマイルを絶やさなかった。

そんな愛らしい孫である、翔の威力は絶大だったようである。

翔の可愛らしい援護も功を奏し、食事会がお開きになる頃には程良く酔いが回って上機嫌の父が急に涙ぐみ、彼に彩芽と翔を託すという胸熱の展開があったほどだ。

「可愛い娘と翔のこと、よろしく頼むよ」

「はい。もちろんです。一生かけて幸せにしてみせます」

これには彩芽も彼も驚くと同時に感極まり、不思議そうにしていた翔を除き、母も姉までもが目元を濡らしていた。

こうして無事翔に父親として受け入れられ、彩芽の両親にも一緒に暮らす了承を得て彼としても少し肩の荷が降り、嬉しいのはわかるが。

それにしたって、少々やりすぎではないだろうか。このままでは先が思いやられる。

「もう、翔ったらすっかりはしゃいじゃって」

彩芽の心配をよそに、リノベして過ごしやすくなった新居で寛ぎながら、駿は心底嬉しそうな声を響かせる。何でも翔の存在を気にかける双方の両親から、よりよい子育ての環境をとリノベを勧められていたらしく、翔のはしゃぎように駿はひどくご満悦だ。

「こんなに喜んでもらえて嬉しいよ。やっぱり子育ての大先輩である、君のお父様やうちの親父のアドバイス通り、子ども向けに工事した甲斐があったなぁ」

「でも、もうこれ以上家にお金かけなくてもいいですからね？　甘やかすと、翔の教育に良くないですから」

「はいはい、わかってるよ」

珍しく口うるさく小言を言ってしまった彩芽だったが、少しも響いていなさそうな駿は飄々（ひょうひょう）とした口調で受け流すだけだ。

「はい、はい～い！　かーくんも～！」

「もう、翔まで」

彼の声に弾かれたように反応した翔が無邪気に口調を真似て、二人の会話に割り込んでくる。

「じゃあ、ほら、おいで」

「わ～い！　かーくん、でっかい、でっか～いッ！」

そんな可愛い翔をひょいと抱き上げて肩車した彼も、はしゃぎ通しの翔に負けないくらい無邪気に笑っている。

これではどちらが子どもかと突っ込みたくなってしまうほどである。

――この調子だと、放っておいたら大変なことになりそうだなぁ。

翔のことはできるだけこれまで同様に、あまり甘やかさずに育てていきたいと思っていた彩芽としては、少々心配でもあったのだ。

だが彼が喜ぶ気持ちもよく理解しているつもりだ。彩芽だって同じ想いでいるのだから。

なので今日のところは目を瞑ることにして、彩芽は二人の元へと歩み寄った。

＊　＊　＊

親子三人での門出の日となったこの日。はしゃぎ通しだった翔は、夕飯を済ませる頃には、スプーン片手にうつらうつらし始め、それから五分もしないうちに、駿の腕に抱かれて完全に夢の中へと旅立ってしまっていた。

それを見越して、先に入浴を済ませパジャマにも着替えていたので、たった今子ども部屋のベッドへ寝かせたところだ。

駿がずっと翔を見ていてくれたおかげで、既に夕飯の後片付けも完了している。

なので、二人仲睦まじく肩を寄せ合うようにして、可愛い我が子の寝顔を眺めているのだが……翔はベッドに寝かせた拍子にごろんごろんと転げ回り、寝心地の良い場所を探るような動きを見せている。

その動きは、見慣れている彩芽から見ても本当に寝ているのかと疑問を抱く忙しなさである。

「翔ってば酷い寝相。一体、誰に似たんでしょうね？」

「そういえば……俺、子どもの頃寝相が悪くて困ったたって、よく親に言われたなぁ」

思わず零した彩芽に、駿が自身の子どもの頃のことを口にする。

「え？　そうなんですか？」

思わず食い気味に問い返した彩芽は、初めて耳にする、駿の子ども時代に想いを馳せる。

——きっと翔に似て可愛かったんだろうなぁ。それに、駿さんの昔の話を聞けて嬉しい。

そこに、何かを思い出したのか、ふっと柔らかい笑みを零した彼が懐かしそうに口を開いた。

「うん。俺、四つ違いの姉貴がいるんだけどさ。それがまた男勝りで手が早くてさ。昼寝とかで一緒に寝かせてたりすると、寝相の悪さを活かして、姉貴のこと蹴飛ばしたりなんかしてさ、日頃の恨みを晴らしてたっぽいよ」

　彼から両親については聞かされていたけれど、そういえば姉がいるという話は初耳だ。だがそのことでどこか納得している自分もいる。

　――ああ、だから女性の扱いに長けているのか。

　また、彼と同じ兄弟構成ということで親近感も増す。

「ふふっ……寝てる間に。まぁ、私も姉がいるんでその気持ちわからなくもないですけど。駿さんもお姉さんがいらっしゃったんですね？　ああ、だから、女性慣れしてるんですねぇ」

　彩芽は、うっかり余計な一言を放ってしまう。

「あれ？　言ってなかったっけ？」

「はい。初耳です」

「じゃあ早くお祖父様を説得して、うちの家族にも会ってもらわなきゃだね」

　彼から両親への挨拶の話題が出たことで、彩芽の意識は完全にそちらへと移行していく。

　時代錯誤も甚だしい古い考えを持つ彩芽の祖父のことを考慮し、彼の両親への挨拶は、まず祖父を説得してからということになっている。

　彼から形式など気にしない、気さくな両親だとは聞かされていても、やはり初対面なのだ。気にかかって仕方がない。

「あっ、はい。ちょっと不安ですけど、認めていただけるように頑張ります」

思った以上に、不安げな頼りない声が出てしまう。

「そんなに気負わなくてもいいよ。うちの家族は大喜びだから。早く二人に会わせろってせっつかれてるぐらいだし……っていうかさ。さっきの、女性慣れしてるって、どういう意味だったの？」

彩芽を安心させようとすぐに彼からフォローの言葉がかけられたが、そこに不意打ちのごとく放たれた、先ほどの彩芽の失言を追及してくる意地悪な言葉には覚えがある。

いつも王子様のように優しい彼だけれど、時折強引になるし、こうやって意地悪を言ってくることもあった。

それは、どうやら三年前と何ら変わりはないらしい。

そしてそれが発動するのは、甘やかな行為へと移りいく中で増していったような気がする。

彩芽も彼のそういうところに翻弄されて、骨抜きにされたのである。

否応でも、そのことを過剰なまでに意識してしまう。

彩芽にとって彼が初めての相手であり、彼以外知らないのだから無理もないだろう。

「……へ？　いや、別に深い意味なんかないですよ」

「いや、あった気がするなぁ。もしかして、過去の彼女とかに嫉妬してくれてるのかなって思ったんだけど。違うの？」

駿は、あからさまに狼狽えだした彩芽のことを緩やかに、けれど確実に巧みに追い詰めてくる。

「べ、別に、そんなことないですよ。ちょっと、慣れてたなって思っただけで」

「これからは夫婦として仲良く力を合わせていかなきゃいけないんだし、隠し事はいけないんじゃないのかなぁ」

「別に隠し事なんかじゃ……」

「――じゃあ、どうなの？　包み隠さず正直に聞かせてほしいなぁ」

どうやら彼は、彩芽の先ほどの言葉が、元カノに対して嫉妬しての言動だったということを彩芽に言わせたいらしい。

それはつまり、彩芽がそれだけ彼を好きだ、という証明になるからだ。

おそらく、彩芽が口を割るまで、この意地悪攻撃は緩まないだろう。

――いつまでもこんな風にネチネチと追い立てられたんじゃ堪らない。

彩芽は大慌てで声を放った。

「……そ、そうですッ！　嫉妬してましたッ！　だって駿さん、見た目だって王子様みたいに格好良いし。すごく……慣れてたから……」

だが最後の方は尻すぼみになっていく。なぜなら――

――だから、キスどころか恋愛経験さえなかった、地味でチビな私のことなんかすぐに忘れられる。そう思っていたからだ。

つまりは、表面上の彼しか見ていなかったということを意味する。

つい先日、そのことで苦しんできたと聞かされたばかりなのだ。

そんなこと、口が裂けても言えるわけがない。

「あーもー、意地悪な言葉で追い詰めたりするような、大人げない俺に気なんか遣わなくてもいいのに。ホントに彩芽ちゃんは、素直で優しくて可愛すぎだから。出会った時と全然変わってないね。いや、前よりも可愛くてどうしようもないよ」

けれど彼は、どうやらそれも見越していたらしい。

えらく嬉しそうな彼に褒めそやされ、たちまち羞恥に悶え身を竦ませる彩芽に、彼が真っ直ぐ向き直ってくる。

「可愛くてどうしようもない彩芽のことを今すぐ食べ尽くしたいくらいだよ。ねえ、襲ってもいい？」

そうして、三年前にも聞いたような台詞を甘やかな声音で囁きかけてくる。

急展開に追いつけず頓狂な声を放った彩芽の返事を待たずして、彼によって彩芽はあっという間にお姫様抱っこされてしまっている。

「へ？　キャッ⁉　ちょっ……まだ返事してませんけど」

「もうすぐ夫婦になるんだし、必要ないでしょ？　それとも、彩芽は嫌なの？」

――嫌なわけじゃない。恥ずかしくてどうしようもないだけだ。そんなことより、こういう場面に限ってここぞとばかりに呼び捨てにするなんて、ズルイと思うんですけど。

「もう！　相変わらず意地悪なんですねっ」

つい可愛くないことを口走っていた。

「うん。俺、意地悪だよ。けど、それは彩芽にだけだよ。それをこれから嫌ってほど教えてあげるから、覚悟しといてね。俺の可愛い奥さん」

「──ッ⁉」

蕩けるように甘やかな眼差し同様の甘い声音で、甘い台詞を囁かれてしまって。最後のとどめとばかりに胸に抱き寄せられ、チュッと可愛い音を立てつつ、額に頬に唇にと、綿菓子のようにふわりと甘いキスを降らされてしまっては、彩芽にはどうする術もなかった。

あたかもそれは、三年前にかけられてしまった魔法の上書きがなされてしまったかのように、彩芽の身も心をもとろっとろに蕩かせてしまう。

久方ぶりの彼との行為に不安がないと言えば嘘になる。

けれど、そんな不安さえも包み込んでしまうだけの魔力でもあるのだろうか。

そう疑念を抱いてしまうほどに、彼の腕の中は心地良くて安心感が半端ない。

三年前にも感じたように、本来あるべき場所に戻ってきたかのように──

見かけに違わぬ王子様然とした仕草で、小柄な彩芽の身体を軽々横抱きにして、翔の部屋から夫婦の寝室へと歩みを進めはじめた彼の首にギュっとしがみついていることしかできずにいる。

やがて寝室に行き着き、彩芽はキングサイズのふかふかのベッドの上へと横たえられた。

すると彩芽の身体からゆっくりと身を離した彼は、避妊具の準備だろうか。身を屈めて手を伸ばしベッド側のチェストの引き出しに手をかけている。

ただそれだけのことなのに、艶めいた色香を纏う彼の姿にいちいち彩芽の視線は釘付けになってしまう。

翔だけでなく二人とも既に入浴は済ませている。そのため、彩芽はニットワンピースを身につけ、彼もニットのカットソーにスエットパンツというラフな格好をしている。だというのにだ。

念のために言っておくが、三人が一緒に入ったわけではない。彼が翔と一緒に入り、彩芽はその介助をしていただけで二人が出てから一人で入浴した。

とはいえ、彼に翔を託す際には、当然彼の裸もチラリと見えたが、ほんの一瞬だった。ゆえに何もかもが三年ぶりのことなのだ。

緊張しないわけがない。

彩芽の胸の鼓動はさっきから騒いでいてちっとも鳴り止まない。

それなのに、彼はいつも通り飄々としている。それに一挙手一投足がやけにキラキラして見える。

彼が動くたびに、彩芽の視線は無意識に惹きつけられる。

チビで地味な自分と同じ人間だというのにこの差は一体どういうことだろうか。

その落ち着き払った様子を見ていると、経験値の差を突きつけられているようで、何だかいたたまれない心持ちになってくる。

彩芽は己の置かれている状況も忘れて不公平さを嘆いていた。

つまりは、これまで彼に関わってきた女性の影がチラついてモヤモヤしてしまっているのだ。

彼のことを恨みがましい視線で追っていると、準備を整えたらしい彼が彩芽の身体にゆっくりとのしかかってくる。それに伴い自分よりも高い彼のぬくもりがじんわりと身体に伝わってくる。

そうして恐ろしく整っている彼の相貌（そうぼう）が眼前に迫ってきた。

――いよいよなんだ。

そう思うと、忘れかけていたはずの緊張感がぶり返す。

彩芽の心臓はもはや駆け足状態だ。

そこに羞恥も合わさり、彩芽は思わずギュッと瞼（まぶた）を固く閉ざしてしまう。

すると彩芽の頭をそうっと優しく包み込むようにして、彼の厚く逞しい胸に抱き寄せられた。

「彩芽。いきなりがっついたりしないから、怖がらなくても大丈夫だよ。彩芽のペースに合わせるから。もし嫌ならこうして一緒に添い寝するだけで構わないし」

同時に、彩芽の耳朶（たぶ）をくすぐるようにして、甘やかな声音で囁きかけてくる。

声音同様の甘やかで優しい、彩芽を慮（おもんぱか）る言葉の数々に、彩芽の胸はほわりと温かなもので満たされていく。

緊張感と羞恥とで強張っていた心が解（ほぐ）れていく。

彩芽は閉ざしていた瞼（まぶた）をゆっくり開いた。

すると穏やかに笑んでいる彼のとろんと蕩けるような甘やかな眼差しが待ち受けていた。

「三年もかかってしまったけど。いや、かかったからこそ、俺、彩芽のこと、大事にしたいって思ってるんだ。だから安心してほしい」

その言葉からは、彼の優しさと誠意とが伝わってくる。

口では何やかんや言いながらも、こうしていつも彩芽を慮ってくれる。

それは、三年前と何ら変わらない。

あの夜だって、こういう男女の情交に不慣れな彩芽のペースに合わせてくれていた。

こうしてピッタリと身体を寄せ合い、密着しているのだ。彩芽の下腹部には、もう既に硬度を増した、彼の熱い昂りが存在感を主張する感触が伝わってくる。その様子からも、彼に余裕がないことなど一目瞭然だ。

それなのに……彩芽のことを何よりも優先しようとしてくれている。

彩芽はなんともいえない心持ちになってくる。

とはいえ羞恥もあるし、もちろん不安だってある。

気持ちの面もそうだが、それだけではない。不慣れな上に、出産後でもあるため身体的にもだ。

彼とすれ違っていた間に翔を身籠もり出産しているのだから、身体の変化が気にかかってしまうのも当然だ。

けれど、余裕がないながらも自分の欲望を抑え込んでまで彩芽のことを優先してくれようとしてくれる彼の想いになんとか応えたい。

身も心も、もっともっと深いところで、彼と強く結ばれたい。

――怖がっていてばかりじゃダメだ。

長い回り道をした分を取り返すためにも、これから家族になるためにも、夫婦になるためにも。

彼が何もかもを曝け出してくれたように、今度は彩芽が曝け出す番だ。

彼の言葉でそのことに気づかされた彩芽は、わずかに首を傾げて彩芽の様子を窺っている彼の頬へと手をあてがい、真っ直ぐに見つめ返す。

「もう待つのは嫌です。ちゃんと心の準備もできたので、早く駿さんだけのものにしてください」

そうしてハッキリとした口調で、彩芽は思いの丈を紡ぎ出した。

その刹那、彼はハッとし驚いたように瞠目する。けれどすぐに我に返ったようで、彩芽の手に大きな手を重ね合わせ、しっかりと包み込んだ。

「俺、彩芽には一生敵わない気がするよ。けど、彩芽が側にいてくれたら何だってできそうな気がする。絶対に彩芽も翔も幸せにしてみせるからね。愛してるよ、彩芽」

自嘲するように微かに笑みを零した彼から、今度はしっかりとした口調で熱い想いが紡ぎ出された。

彩芽の胸中に熱いものが満ちてくる。目の奥もジンとして目頭が熱くなり泣いてしまいそうだ。

もちろん、悲しいからではない。嬉し涙だ。だがこのままでは止まりそうにない。彩芽は必死に抑え込む。

「私も好きです。愛してます」

その声は、込み上げそうになる涙が邪魔をして微かに震えていた。けれどちゃんと届いてくれたようだ。

「あー、ヤバい。嬉しすぎてどうにかなってしまいそうだよ」

彼は泣き笑いを浮かべている彩芽の涙を愛おしそうに唇と指とでそっと優しく拭い、歓喜に満ちた声を震わせる。

そんな彼のことがどうしようもなく、愛おしい。

やがて涙も収まった頃、どちらからともなく見つめ合っていて、いつしか二人は甘やかなキスを交わしていた。

はじめは互いの温度を分け合うようにして、柔らかな唇の感触を味わうかのように、優しく啄んでいたものが――互いの呼吸も唾液でさえも、すべてを奪い尽くすかのように、徐々に激しさを増し、より深まってゆく。

熱くざらつく彼の舌が彩芽の拙い舌を根元から搦め捕り、くすぐったり、吸ったりを繰り返す。

「んっ、んん――ッ」

その都度、わざと立てているのかと思うほどに、ピチャクチャと夥しい水音が響き渡る。

それらの音と、キスに溺れている互いの熱い息遣いと悩ましい吐息とが、聴覚をも刺激する。

その頃には、もう彩芽の身体からはくたりと力が抜けきっていた。

そんな彩芽の後頭部は、彼がしっかりと包み込み支えてくれている。

あたかもそれは、もう二度と離さないという気持ちを表してでもいるかのよう。

そう思うと、安堵感が増すと共に、ますます彼への愛おしさが湧き上がってくる。

彩芽は拙(つたな)いながらも、懸命に彼の舌に自身の舌を絡めて、濃厚になっていく激しいキスに応えていた。

「はぁ、んっ……んぅ」

やがて身も心もすっかり酔いしれ、すべてが蕩(とろ)けきった頃。彩芽の身体の至るところに這(は)わされていた手が背中から脇腹を通って、焦(じ)らすようにしてゆっくりと胸元へと移ろいでゆく。

入浴後なので下着はキャミソールのみ。ニットのワンピもろとも既にたくし上げられてしまっている。

気づけば、素肌の胸は彼の大きな手により優しく包み込まれていた。柔らかな表皮を伝って彼のぬくもりがじわりと伝わってくる。

「んっ、ふぅう」

キスの合間に微(かす)かに開いた二人の唇のあわいから、彩芽の悩ましい吐息が零(こぼ)れ落ちる。

それを恥ずかしいなどと思っているような隙など与えないとでもいうように、彼の手が巧みな動きで胸をふにふにと揉(も)みしだく。

彩芽を甘やかなキスにより翻弄しながら、彼は絶妙な力加減と巧みな動きで、胸の中央を捏ねるように押し潰す。

合間で嬉々とした様子で笑みを漏らし、彩芽のことを褒めそやすのも忘れない。

「ふっ……彩芽の胸、もうこんなにツンとしてる。彩芽と一緒で素直で可愛いね」

「あっ、やぁんっ」

言葉で攻められただけで、ゾクゾクとした甘やかな痺れが背筋を這い上がってくる。苛められているような気もしたが、そんなことに気を配っている余裕などない。

彩芽は真っ赤になって身悶えながら喘ぐのが精一杯だ。

その間にも、お世辞にも豊かとは言い難い彩芽の控えめな胸を飽きることなく、愛でるように優しく撫で摩る。時に鷲掴んでふにゃふにゃと揉み込んだり、力強く押し潰したりというように、淫らな形へと変えてゆく。

「あっ、ふ、んんっ」

その都度その都度、甘やかな痺れにも似た愉悦が緩やかに、けれど確実に彩芽を攻め立ててくる。

感じ入りのたうつように身を捩る彩芽は、自分の出したものとは思えぬほどに、甘やかな艶を孕んだ嬌声を絶えず零し続けた。

いくら羞恥に苛まれようとも、もう自分の意志では声を抑えようもない。

「彩芽、今にも蕩けそうな可愛い顔してる。ここも、充血してさっきより硬くなってきてる。ツンと立ってるのわかる？」

彼は嬉しそうな表情で不意に彩芽の羞恥を煽るようにして、そんな意地悪なことを囁きかける。

たちまち尋常ではない羞恥に襲われた彩芽の全身はカアッと煮え滾り、真っ赤に紅潮している。

何かを言い返そうにも、彼は彩芽の返答など端から求めてはいなかったようで、羞恥に身悶える彩芽の胸の尖りを口に含んだ。同時に、熱くねっとりとした舌が絡みつく。

「あっ、やあんっ」

途端に彩芽の唇の間から、艶めいた高い声がまろび出る。

彩芽は、強い刺激から逃れるように、忙しなく首を左右に振ってイヤイヤを繰り返すことしかできない。

そんな彩芽のわずかな機微を逃すことなく、彼はここぞとばかりに緩急をつけて、巧みな愛撫で追い詰めてくる。

彩芽は呼吸の合間により一層高い声で喘ぎ続けた。

いつしか彼は、ベッドに横たえた彩芽の華奢な身体にのしかかり、胸の膨らみに顔を埋めていた。

時折切なげな悩ましい声で吐息を漏らしながら、彩芽を緩やかに攻め立ててくる。

「どこもかしこも可愛すぎて、ヤバい。彩芽の何もかも全部食べ尽くしたくなるよ」

唇と舌では、散々嬲られ痛いほどにツンと主張した紅く艶めく胸の先端を食んでみたり、甘噛みしたり、チロチロと愛でるように舐めたり、弾いてみたり、コロコロと転がしたりを繰り返す。

「あっ、はっ、やぁん」

片方の手では胸の膨らみを包み込み、ふにゃふにゃと揉(も)みくちゃにし、円を描くようにして先端を押し潰したり、クリクリと捏(こ)ねてみたり。

もう片方の手は、既に溢(あふ)れかえった蜜でしとどに濡れ泥濘(ぬかるみ)と化した秘所へと這(は)わされている。

「や……あっ、ひゃん」

グチャリと卑猥(ひわい)な音を立てつつ、節くれ立った長い指が探るように膣内に挿入され、媚襞を押し開くようにして、ひっきりなしに攪拌(かくはん)する。

まるで子どもが好きなおもちゃを与えられて、夢中で遊び続けてでもいるかのよう。王子様から雄々しい雄と化した彼は嬉々とした表情で、彩芽のすべてを暴ききるかのように翻弄し続ける。

彼がそんな風に夢中になってくれているのだと思うと喜びもひとしおで、そんな風に夢中になっている彼にこれ以上にないほどの愛おしさが込み上げる。

三年前と違って、出産を経験し、あんなにも不安だったのだ。そう簡単に払拭できるものではないし、もちろん羞恥だってある。

だが緩やかな快楽の波に揺蕩(たゆた)い、幾度となく追い上げられては頂点まで昇り詰め、そんなことを気にしているような余裕などまったくない。

彼があえてそう仕向けているかは不明だが、余計な雑念に気を取られることもなく、彩芽は三年ぶりの彼との行為に没頭していた。

さざ波のような絶頂を繰り返し、ぐったりと力の抜けきった彩芽は、彼の背中に回した両腕で縋るようにしてしがみついていることしかできずにいる。

わずかに残っていた理性も羞恥でさえも、薄れつつあった。

どれくらいそうしていただろうか。

彩芽はベッドの上で弛緩し、力の抜けきった身体をシーツの波に横たえ、手足をだらりと投げ出していた。

確かにあったはずの彼のぬくもりがないことに気づいた途端、言いようのない寂しさが胸の内に去来する。

三年もの間、振られてもなお彼のことを忘れられずにいた。その想いが呼び起こされてしまったからだ。

——もうたとえ、一分でも一秒でも離れていたくない。ずっとずっと側にいたい。

彩芽の心がそう訴えかけてくる。

おそらくわずかな時間だったはずだ。

潤みきってぼやけた視界の中で、彼が顔を覗き込んでいる様がぼんやりと浮かび上がってくる。

たちまち、いてもたってもいられなくなってしまう。

彩芽は彼のぬくもりを求めて、力の入らない両の手を精一杯差しのべていた。

どうやら不安な想いが顔にも表れていたらしい。

「彩芽？」

心配そうな彼の声が耳を掠めた。その刹那、彩芽は想いのままに言葉を紡ぎ出していた。

「もう離れるのは嫌。ずっとずっと駿さんのこと、側で感じていたい。ぎゅってしてください」

彼が息を呑む気配がしたと思った時には、彼の胸に強い力で抱き寄せられていて——

「本当に可愛すぎだって。そんな可愛いこと言われたら……大事にしたいって思ってるのに、自分を保てなくなる。無茶苦茶に抱き潰したって知らないからなっ」

彼はなおもぎゅぎゅうと強い力で彩芽の身体を掻き抱きながら、苦しげな低い声音を余裕なく放った。

あたかも喉奥から絞り出してでもいるかのような、切羽詰まった切なげな声音。

不慣れな彩芽を気遣っての、いつもの見かけ同様の王子様然とした優しい口調ではない。少々乱暴にも取れる粗野なものだ。

これには聞き覚えがある。

彼にすべてを捧げたあの夜、我をなくした彼が口にした飾り気のない素のものと同じだ。

翔との初対面を果たしたあの日、彼は彩芽の前でだけ素になれると言ってくれた。

その言葉通り、こうして他の誰でもなく、彩芽にだけ飾らない素の部分を曝け出してくれている。

こんなにも嬉しいことはない。

それに、彩芽はもう既に知っている。

どんなに意地悪で粗野な言葉を放とうと、強引になろうとも、彼は彩芽のことを自分よりも一番に優先してくれる。

何より、彩芽と翔のために変わろうとしてくれている。

この二週間の間、彼はそれを証明でもするかのように、彩芽と翔のために多忙な仕事の合間を縫って、精一杯尽くしてくれていた。

とっても頼もしかったし、心強くもあった。

気恥ずかしくて口には出せずにいたけれど、そんな彼の姿にどんどん惹かれてもいたのだ。

きっとこれから共に歩んでいく中で、彩芽は何度だって彼のことを好きになるのだろう。

――彼にならば、たとえ何をされたって構わない。

彩芽の中で彼への想いがどんどん膨らんでゆく。

膨らみすぎた想いは際限なく溢れてきて、もう収まりそうもなく、彩芽の口からも彼への想いが溢れてしまっていた。

「駿さんになら、めちゃくちゃにされたっていい」

すると彼は、彩芽の身体を抱きしめている腕になおも力を込める。

骨が軋むほどに強く――

「あー、もう。本当にどうなっても知らないからなっ」

「はい、平気で――」

激情を堪えるようにして、声と身体とを打ち震わせる彼には、余裕なんて微塵もないように見える。

余裕をなくした彼の言動に、彩芽は既に高鳴っていた胸をより一層高鳴らせる。

心のままに彼への想いを紡ごうとした彩芽の声は、余裕なく覆い被さってきた彼の唇により、荒々しい仕草で奪われていた。

小柄な彩芽の身体を抱く彼の逞しい素肌の胸と、彩芽のそれとがピッタリと隙なく重なり合う。

彼が動くたびに、互いの胸の突起が触れ合い擦れ合う。それだけでとてつもなく甘やかな愉悦がもたらされる。

甘やかなキスとそれらに酔いしれ、蕩けた身と心をなおも蕩かせる。

彼と蕩け合い、溶けて一つになれればどんなに幸せだろう。

彼との甘やかなキスに酔いしれつつ、頭の片隅で、彩芽はそんなことを願っていた。

そんな絶妙なタイミングでキスが中断された。

そのことに物寂しさを覚えるようなわずかな時間も与えないというように、恐ろしく艶めいた、猛々しくも妖艶な雄の色香を纏った彼から少々傲慢とも取れる、飾り気のない素の言葉が放たれた。

「今から彩芽は俺だけのものだ。もう何があっても、絶対に。もう一生離しはしない」

彼に余裕がなければないほど、彼の言葉が粗野であればあるほどに、彼の本気が窺える。

心を最大限に揺さぶられ胸を締め付けられた彩芽は、感極まって気を抜けば今にも泣き出してしまいそうだ。

彼に向けて想いを伝えようと思うのに、喉がつっかえて言葉にならない。

コクコクと何度も顎を引きつつ、彼の背中に回した腕でギュッとしがみつくことしかできない。

全身から力が抜けきっていて思うように力は入らないが、それでも必死になって抱きついた。

そんな彩芽の頭と身体を愛おしそうに今一度ギュッと包み込んだ彼がゆっくりと身を起こす。

そうして愛おしそうに眇めた瞳で彩芽の顔を見下ろしつつ、腹部に手をそうっと優しく添えてくる。

「ここに翔がいたなんて思えないほど、綺麗だ」

全身に注がれる彼の熱視線に耐えかね、羞恥に身悶える彩芽は火でも噴いてしまいそうだ。

そんなことなどお構いなしというように、彼は彩芽の身体の至るところに優しいキスの雨を降らせ始める。

「ここもどこもかしこも。全部全部、俺だけのものだよ」

独占欲を露わにする彼の言動に彩芽は胸を高鳴らせながら、羞恥に身悶えし続けた。

やがて彼の執拗な愛撫が下腹部に及び、彼の愛撫により、すっかり開花し艶めかしい蜜を纏った花芽へと到達する。

彼の熱い吐息を感じた刹那、不埒な行為とは似つかわしくない、チュッと可愛らしい音色を響かせる。

「すっかり蕩けきってる素直で可愛いここも、全部俺だけのものだよ」

「あっ、ひゃんっ」

その瞬間、軽く達した彩芽の両足が彼によって抱え上げられる。かと思った時には、ぬちという音と共に、滑り込むようにしてゆっくりゆっくりと焦らすように媚襞を押し開き、掘削するように擦りながら腰をグッと押し進める彼のすべてを受け入れていた。

「あっ、ぁああッ！」

彼の滾りに滾った熱塊が突き当たりまで到達すると、最奥をノックでもするかのように、ズンズンと腰を激しく突き入れられ、白く混沌としていた頭の中で鋭い閃光が弾け、真っ赤に塗り替えられる。

灼熱より熱く猛々しい昂りの熱に炙られ、彩芽の身も心も焦がされてしまいそうだ。

彼により丁寧に施された愛撫のおかげだろうか。彼と初めて熱くて濃厚な夜を過ごしてから、三年もの月日が経っているというのに、難なく彼を受け入れることができた。

けれどその圧迫感たるや凄まじい。

受け入れた中が熱くて熱くて堪らない。呼吸もままならず、胸が苦しいぐらいだ。

辛うじて意識を保っている彩芽の身体を彼は自身の逞しい胸へとさらに抱き寄せる。

それに伴い、彼との繋がりがより深まりを増す。

——うそ。何これ。さっきよりも大きくなってる……？

ただ受け入れただけだというのに、彼の昂(たかぶ)りは生き物のように蠢(うごめ)き息づいて、微(かす)かに質量を増していく。

溢(あふ)れかえった愛蜜で充分に潤い泥濘(ぬかるみ)と化した狭小な蜜洞は昂(たかぶ)りで満たされ、今にも爆ぜてしまうのではないかと案じるほどに彼にもたらされた灼熱に身も心も焦がされて、焼き尽くされてしまいそうだ。

三年前、既に彼と一夜を共にしているのだから、彩芽はまだこれが終わりでないことも知っている。まだまだこれからだというのに、これではこの先どうなってしまうのか。

恐怖心にも似た心持ちで、彼の背中に必死に縋(すが)りつく。

「……っ、彩芽の中、キツくて熱い。気持ち良すぎて……いきそっ」

彩芽の耳元に顔を埋(うず)めた彼もまた苦しげに呻(うめ)くと恐ろしく整った甘い相貌(そうぼう)を歪ませて、何かを耐えしのぐように歯を食いしばっているようだ。

余裕のない彼の様子にますます胸を高鳴らせた彩芽の中がきゅうきゅうと収斂(れん)する。

あたかも彼のすべてを自身の体内へと取り込むかのように。

自身の身体の淫らな反応を恥じ入る気持ちもあるが、雌(めす)の本能を呼び起こされてしまった身体はコントロールなど利かない。

「あっ、やぁん。おっきぃ……」

感じるままに声を紡ぎ出していた。

「あっ、こら。今そんなこと言われたら、ヤバいだろっ」

するると、余裕なく咎めるように、悩ましくも艶めいた声音を漏らした彼が彩芽の身体に縋りつくようにギュッと抱きついてくる。

同時に、彩芽の中の彼自身が存在感を鼓舞するようにドクンと大きく拍動し、みるみる猛々しさを増していく。

慄いてしまった彩芽の身体がふるふると打ち震える。

だからといって、怖かったわけではない。

この先に待ち受けている、甘美なご褒美への期待感からだ。

そんな彩芽の細い腰を彼はガッチリと掴み、男らしく引き締まった自身の腰へと強い力で強引に、隙なく引き寄せる。

まるで逃がさないとでもいうように。そこへ。

「……っ、彩芽っ。ヤバい。動いていい？」

彼から続けざまに放たれた、強引な仕草とは裏腹な切羽詰まった声音が彩芽の鼓膜を震わせる。

どうやらもう余裕がないようだが、それでも彩芽を優先して気遣ってくれようとしている。

そんなどこまでも優しい彼の些細な言動の一つひとつがスパイスのように作用して、彼の何もかもが愛おしくてどうしようもない。

彩芽は返答の代わりに、彼の広い背中に回した腕で必死にしがみつき、それに気づいた彼が彩芽に応えるようにギュッと胸に抱き寄せ、唇に甘いキスを降らせる。

そうされることで彩芽の胸は熱いものでみるみる満たされてゆく。

そんなタイミングでゆるゆると腰を揺らめかせた彼が律動を繰り出してきた。

はじめは緩やかなさざ波を起こすように、それがしだいと激しいものへと移り変わってゆく。

甘美なキスの合間で幾度となく譫言（うわごと）のように、甘い愛の言葉と彩芽の名前とを繰り返し呼ぶ、悩ましくも甘やかな彼の声音が彩芽の魂をも打ち震わす。

「あ……やめ。好き……だ……っ好きだ、彩芽っ」

「あっ、ああん。しゅ……ん、さっ。しゅん、さぁん」

いつしか彩芽は、恍惚の表情を浮かべて彼の腕の中で彼の想いに応えながら、女としての悦びと幸福感に酔いしれ続けた。

＊　＊　＊

ほわりと温かな、たとえるなら春の陽だまりの中で微睡（まどろ）んでいるような心地良さに包み込まれていた。

大きな窓にかかるブラインドの隙間から微（かす）かに差し込んでいる陽光に、瞼（まぶた）をくすぐるように刺激され、彩芽はようやく目を覚ます。

まだ覚束ない寝ぼけ眼を宙に彷徨わせると、ベッド横に置かれたチェスト上の時計に視線がふと留まる。

時刻は午前六時を指そうとしていた。

――いっけない。早く仕事に行く支度しなくちゃ。

慌てて起き上がろうとした彩芽の身体は、もぞもぞと身動ぎした駿によって逃がさないとばかりに、背後からぎゅぎゅうっと抱き竦められてしまう。

「彩芽、もしかして寝ぼけてる？　可愛いなぁ」

そうして続けざまに、耳元に顔を埋めてきた駿から熱い吐息で鼓膜をくすぐるように甘く囁かれた。

駿の寝起きのせいか、微かに掠れ、艶めいた色香を孕んだ低音ボイスに、気怠い身体の芯が切なくキュンと疼いてしまう。

昨夜、あれから幾度となく口に出すのも憚れるほど、恥ずかしい格好で翻弄され尽くした。

いつの間にか意識を飛ばしてしまったようなので、記憶は曖昧だけれど。

お互いシャワーも浴びずに眠りについたのだから、当然何も纏ってなどいない、生まれたままの状態である。

それにしては、身体に不快感がまったくない。

もしかすると、彼が諸々の処理を済ませた後、身体も清めてくれたのかもしれない。

ぎる！

――いや、そうに違いない。確か、三年前もそうだったような気がする。やだ！　恥ずかしす

そこまで思い至ると、完全に眠気が吹き飛んだ。

同時に今日が店の定休日である月曜日だということ、彼とほぼ三年ぶりに過ごした昨夜のあれこれとを思い出してしまった彩芽は、見る間に真っ赤になるのだった。

たちまち羞恥に堪えかねた彩芽がこの恥ずかしい状況から逃がれるべく、必死に声を振り絞る。

「あっ、あの。駿さん。翔の様子見に行くんで離してくださいッ」

けれども彼からは、呆気なくやんわりと却下される。

「さっきモニターで確認したけど、まだぐっすり眠ってるから大丈夫だよ」

翔が子ども部屋で一人で眠りたいと言い出したことから、翔の様子を確認するためにと彼が見守りカメラを用意してくれていたのだった。

何でもスマホでの遠隔操作が可能で、遠赤外線ライト搭載、動体検知機能まで備えている優れものであるらしい。

まさかそれがこんな場面で活かされるなんて、思いもしなかったことだ。

「だから、彩芽は今はまだ俺だけのものだよ。嫌って言っても離してあげない」

それればかりか、独占欲丸出しのまるで駄々っ子のような台詞までが付加されてしまう。

オマケになおもぎゅうぎゅうに抱き竦められたおかげで、隙なくピッタリと互いの身体が密着し

合っているので、彼の男性特有の身体的変化まで伝わってきてしまう。

朝から刺激が強すぎる。もう沸騰寸前だ。

別に嫌なわけではない。こういうことに不慣れなために、ただただ恥ずかしいだけだ。

けれども、いくら翔がまだ眠っていて、今日が店の定休日だからって。一緒に住み始めたばかりで、気持ちが高まっているからといって朝から盛(さか)っている場合ではない。

彼にも仕事があるし、こんなことで支障が出たりしたら大変だ。

それこそ賛成してくれているという彼の両親の耳にでも入ろうものなら、反対されるに決まっている。

祖父のことだけでも気が重いというのに、ますます幸せが遠ざかってしまう。これ以上障壁を増やすわけにはいかない。

何事もはじめが肝心だ。

――ここは心を鬼にして、断固として阻止しなければ！

彩芽のことを大事そうにしっかりと包み込む駿の腕の中で一人慌てていた彩芽は、決意を新たに声を張り上げた。

「もう、ちょっと。駿さん。何子どもみたいなこと言ってるんですか？　駿さんは仕事だってあるんですから、盛(さか)ってる場合じゃないでしょう。ふざけるのは大概にしてください。ほら、早く離してください！」

けれど彼からは予想に反した言葉が返ってきて、彩芽は唖然となる。

「いーだろ、こうやってくっついてるくらい。いくら俺だって、翔がいつ起きるかわからないのに、盛ったりしないし。だからもう少しだけ彩芽のこと補充させてよ」

「……え？　そうなんですか？　でも、その」

思わず問い返してしまったが、それでも確かに元気な反応を示している彼の一部分が非常に気にかかる。

とはいえ、事が事だけに口にはできないので口籠ってしまうのだが……

駿はすぐに勘づいたようで、その件についての説明を爽やかな朝の日差しにも負けない煌々しさで、朗々と語ってきた。

「あー、これ？　これは朝の生理現象。プラス、彩芽に欲情してる証拠だよ。けど、欲のままに彩芽をどうこうする気はないから安心してよ」

こうもあっけらかんと説明されても内容が内容だけに、どう反応すればいいかがわからない。

彩芽には姉しかいないし、男性との交際経験も皆無なのだから当たり前だ。

まさに未知との遭遇である。

彩芽は彼の腕の中で真っ赤になって身悶えることしかできずにいる。

「可愛いなぁ、彩芽は。本音を言うと朝からもう一回食べちゃいたいくらいだけど、今は彩芽と身体よりも心の結びつきを確かなものにしておきたいんだ」

そこへまたまた放たれた彼からの思いがけない言葉に、彩芽はいかがわしいことばかりに気を取られてしまっていた自分を張り倒したい心境になった。

たちまち身を小さく縮こめてシュンとしていた彩芽だったが、彼により身体を反転させられ、彼と正面で向き合う体勢をとらされる。あわあわと狼狽え出した彩芽を、駿は思いの外真剣な表情で見つめ返してくる。

彩芽が目を白黒させていると不意に彩芽の左手をそうっと大事そうに手に取り、薬指に口づけてきた。

そこには、キラキラと眩い光を放つ、ダイヤモンドと思しき綺麗な宝石が鎮座したプラチナリングが嵌められており、ドクンと胸を高鳴らせた彩芽の目は釘付け状態だ。

そうして彼は表情同様の真剣な低い声音を甘やかに響かせた。

「寝ている間にごめん。これからは肌身離さず着けていてほしい。一日でも一秒でも速く、必ず彩芽を正式な奥さんにして、彩芽と翔を一生かけて幸せにするから。それまでもう少しだけ待っていてほしい」

しばし彩芽は放心状態で、驚きを隠せずにいたが、この期に及んでどこか不安げに彩芽の様子を静かに窺ってくる、駿の端正な相貌を見ているうちに考えを改める。

もう一緒に住んでいるというのに、昨夜だってあんなにも愛し合っていたというのに、今更何を不安に思うことがあるというのだろうか。そうは思いながらも、彩芽の心は歓喜に満たされていき、今にも溢れ出してしまいそうだ。

――こんなにも大事に想ってくれているんだ。嬉しい。

「急なことで驚いちゃいましたけど、嬉しいです。ありがとうございます。大事にしますね。あっ、でも仕事中は着けられないので――」

早く彼に応えようと言葉を紡ぎ出した彩芽の言葉が職場に及んだ途端、彼の思いの外低い声音によって遮られてしまう。

「ああ、わかってるよ」

どうしたのだろうかと、彩芽が思っているところに、沈痛な面持ちに取って代わった彼からこれまた意外な言葉が飛び出した。

「本当は仕事も辞めて、うちに来てほしいくらいだけど。彩芽にとってあの職場の方々が大事な家族同然だってことも理解しているつもりだよ。けど――」

けれどそれも途中で途切れてしまう。

キョトンとしてしまっている彩芽の元に、再度放たれた彼の声はもういつも通りだ。

「いや、何でもない。彩芽が一日も早く、子どもの頃からの夢だった一人前のショコラティエールになれるよう、全力で応援するし、協力も惜しまないつもりだから、頑張ってよ。そうしてもらえたら俺も嬉しい」

「はい、ありがとうございます。頑張りますね」

だが彩芽の身体をぎゅうぎゅうに掻き抱くように包み込んでくれている、彼の腕の力が強ければ強いほどに、嬉しく思う半面、切なく感じてしまうのはなぜだろう。

彩芽は彼の温かな腕の中で、不可解な感情に苛まれつつも、これから歩んでいく彼との未来を思い描きながら、ようやく彼と心から通じ合えた喜びを噛みしめていた。

7　立ち込める暗雲

親子三人で暮らし始めて、早いもので二週間が過ぎようとしている。

あんなに残暑が厳しかったのが嘘のように、台風一過と共に十月に突入した途端、日を追うごとに秋の深まりを感じるようになった。

昼間こそ陽気で暑い日もあるが、気温も随分と下がってきて、朝夕は肌寒くて上着を羽織るほどだ。

まだまだ先だと思っていた冬の気配は、もうそこまで迫っているようだ。

それに伴い、彩芽の心も軽やかに弾んでいた。

チョコレート専門の菓子職人である、ショコラティエールにとっての繁忙期はバレンタインシーズンだが、準じてクリスマスシーズンも忙しくなる。

味はもちろんだが、見た目も色鮮やかで華々しいものが好まれる。そのためには高度な技術とセンスも必要となる。

職人にとっては、腕の見せどころである。

その時期に合わせて半年以上も前から、新商品の開発を水面下で進めているほどだ。

今年は、ベネズエラの小さな村が原産地の「伝説のカカオ」として名高い最高品質で希少価値の高いカカオ豆を使用した新作のチョコレートを五種類と、新作のチョコレートケーキを三種類販売する予定となっている。

なんとそのうちの一つは、彩芽が考案したものが起用されるのだ。発売はまだ二ヶ月も先だが、浮き足立ってしまうのも無理はない。

加えてプライベートも充実しているのだから、彩芽が思わず浮かれてしまうのも仕方がないことだろう。

それもそのはず。どうなることかと思われた翔の夜驚症もすっかりなりを潜め、家族三人での暮らしにも随分と慣れてきた。

今では、元からずっと一緒に暮らしていたかのようなアットホームな雰囲気に満たされている。

共働きというのもあり、駿は家事に育児にととても協力的で大助かりだった。

意外にも料理好きだという父親の影響で料理もできるし、家事だって何でもそつなくこなしてしまうというスパダリぶりで、もうすっかり父親業が板についている。

だが少々困ったこともあった。それは駿の過保護だ。

といっても、翔に対してだけではなく、立派な大人である彩芽に対しても少々度が過ぎるのではないかと案じてしまうほどに、過保護なものだから困ってしまう。

どういう風にかというと……

駿と一緒に暮らし始めて三日目の朝のことだ。

その日の前夜も、駿に絶倫ぶりを発揮されてしまった彩芽は少々気怠い身体を押して、いつものように身支度を済ませた。

出勤時間だが、翔の夜驚症も治まったので、駿と暮らすにあたり、通常通りに戻してもらっている。七時十分すぎになり翔と共に登園しようとしていたところ、駿がいきなり車で一緒に行こうと言い出したのだ。

しかも帰りも迎えに来てくれるという。もちろん保育園の送迎も買い物も何もかも含めて全部一緒にやると言い張るのだ。

「え？　そんな。運転手さんに悪いですよ。わざわざ送り迎えまでしてもらうなんて」

「大丈夫だよ。どうせ通勤の道中なんだし。それに五分ほどの場所なんだしさ。ついでだよ、ついで」

――そうは言われても、そこまで甘えたくないし。専務という責任のある役職に就いている彼の負担になるのは嫌だ。

彼がショコラティエールの仕事を理解して応援してくれているように、彩芽も駿を支えたいと思うのは自然なことだと思う。

当然彩芽は、駿の専属だという運転手にも悪いと思い、即座に断ったのだが。

「ついでって言っても、わざわざ裏通りに入んなきゃいけないじゃないですか」

彼は折れてなどくれなかった。

「じゃあ、正直に言うよ。これまで一緒にいられなかった分、一分でも一秒でも長く、彩芽と翔と一緒にいたいんだよ。それに近頃物騒だし。彩芽と翔に何かあったらと思うと心配でどうしようもないんだ。何かあった時すぐに二人を守るためにも、側で見守らせてほしいんだよ」

終いにはとどめとばかりに、時折見せる強引で熱い眼差しで見つめながら、情熱的な言葉をかけられてしまうと彩芽はひとたまりもない。

「……い、嫌じゃないですけど」

男らしい彼の言動に、不覚にも胸をキュンとときめかせてしまった彩芽は、それ以上彼を突っぱねることなどできなかった。

「なら、決まりだね。翔、車まで肩車して行こうか？」

「わ～い！　ぱぱ、だい、だい、だ～いしゅきぃ！」

「パパも翔のことが大好きだよ。じゃあ、出発しよっか？」

「わーいわーい！　しゅっぱちゅちんこー！」

その上、ミニカーに目のない翔まで味方につけられてしまっては、太刀打ちなどできるはずもない。

彩芽は彼に呆気なく丸め込まれたのだった。

「もう、しょうがないんだからぁ。あっ、すみません。よろしくお願いします」

「坊ちゃ……いえ、専務の奥様と可愛い坊ちゃんのお役に立てて光栄です。ささ、荷物もどうぞご遠慮なく。何かありましたら、この桐島(きりしま)に何なりとお申し付けくださいませね」

「ありがとうございます」

穏やかな表情で荷物を運んでくれている運転手・桐島にまで、嬉しそうに頭を下げられてしまってはそれ以上無碍(むげ)にもできず、結局は駿の好意に素直に甘えることにした。

＊　＊　＊

その後、駿の提案通り保育園を経由して職場であるボヌールの通用口側まで送ってもらった彩芽は、昼休憩の時間になって、いつものように冴木にそのことを聞いてもらっていた。

休憩室のテーブルで隣り合って、彩芽は自作の弁当を、冴木は出勤途中で買ってきたらしいコンビニ弁当をそれぞれ広げている。

他の先輩らは外に食べに行ったため二人しかいない。

「ハハッ、そりゃ、朝から大変だったなぁ。翔のはしゃぎようが目に浮かぶ」

「もう、先輩ってば、笑い事じゃないですよ。ただでさえ、隙あらばすーぐ翔を甘やかそうとするから目が離せないのに。行きも帰りもずっと一緒だなんて。翔が欲しいって言ったら、きっと何でも買っちゃいますよ」

彩芽の話を耳にした冴木は弁当そっちのけで、実に可笑しそうに腹を抱えて笑っている。

「先輩、笑いすぎですからっ」

——もう、他人事だと思って。

彩芽は内心で毒づいてしまっていた。

冴木のことをじとっと見遣り、即座に突っ込む彩芽に、急に笑みを引っ込めた冴木がボソッと意外な言葉を放った。

「翔が可愛くてしょうがないのもあるだろうけど、お前のことが心配なんだろ」

意外すぎて思わず問い返したほどだ。

「え？　私のことがですか？」

冴木は途端にハァと溜息を吐き、彩芽の額にピンッとデコピンをするなり、いつもの軽口を炸裂させる。

「お前なぁ。チビで男にモテないって自分のこと思ってんだろうけど、それ勘違いだからな。男はそういう無自覚な女にこそ弱いもんなんだぞ。職場も男ばっかだし、旦那が心配するのは当然だろ。

ちょっとは自覚しろっ。ったく、手の焼ける後輩持つと苦労するぜ」

終いには、軽く吐き捨てられてしまう始末だ。けれど、思いがけない言葉が飛び出してきたものだから拍子抜けだ。

「いった。そ、それより、チビでモテないのは勘違いとか無自覚な女に弱いって……それ、どういう意味ですか？」

「そのままの意味だよ。これだから無自覚は。恋愛経験の乏(とぼ)しい可哀想な後輩のためを思って、アドバイスしてやってんだから、感謝しろよ」

額の痛みよりも驚きの方が勝って問い返すも、やけに自信たっぷりに切り替えされてしまう。しかも偉そうに恩着せがましい口ぶりだ。

確かに冴木の言うとおりだとは思うが、どうも自分には当てはまらないような気がして、彩芽はどこか半信半疑だった。

「アドバイスって、そんな。だって、男ばっかりっていっても仕事なのに」

「男っていうのは、そういうもんなんだよ。というわけで、ショコラトリー巡りも終わりってことで、俺はお役御免だな。これからは親子三人仲良く行くように」

——え？　そこまでしないといけないですかね？

思わずそう返しそうになった言葉を彩芽はとっさに飲み込んだ。

冴木の話を聞いているうち、もしも彼が自分ではない女性と行動を共にしていたらと想像した瞬間。

三年半前、空港で彼が綺麗な女性と一緒にいた場面を思い出してしまったせいだ。

あの時のことは誤解だったのだし、おそらくあの女性はただの知り合いだったに違いない。

そうは思いながらも、想像しただけでも、耐え難い心持ちになる。

胸が引き裂かれそうな心地だ。

――彼も同じ気持ちでいてくれるのだろうか。そうだと嬉しいなぁ。

そう思うと、たちまち心が穏やかに凪いでゆく。

「そうですね。その方がいいですよね。今までありがとうございました。これからもよろしくお願いします」

しおらしく引き下がった彩芽に、冴木は笑みを零すと、どこか寂しげな表情で軽口を返してきた。

「ハハッ、現金な奴。翔と一緒だな」

「そんなに似てますかね？」

「現金なとこなんかそっくりだし」

「もう、一言多いんですよ。先輩は」

「まぁ、けど、あれだ。相手はあのＹＡＭＡＴＯの御曹司なんだし……つってもその様子だと心配する必要はなさそうだけどな。何かあったら、いつでも言えよな？　愚痴ぐらいはいつでも聞いてやるからさ」

「あっ、はい。ありがとうございます」

話が再び彼のことに及んだ際、冴木の表情がわずかに翳りを帯びた気がしたが、駿のことしか頭になかった彩芽の心には何一つ残りはしなかった。

男性への免疫もなければ、交際経験さえもなかった彩芽ではあったが、面倒見のいい先輩である、冴木のアドバイスのおかげもあり、駿の気持ちにも気づくことができた。

それに加え、駿と時間を共有する中で、翔の父親としてはもちろん、彩芽の夫としても、YAMATOの専務としての多忙な仕事をこなしつつ、懸命に尽くしてくれている。

つい先日なんて、翔の保育園で実施された運動会での親子二人三脚では一等になり、女性職員や園児の母親だけに留まらず、女児や祖母層にまで騒がれていた。

それには少々ヤキモキさせられたが、普段でも、翔と一緒に休日の朝食作りを分担してくれたり、翔を伴ってのショコラトリー巡りにも嫌な顔一つ見せずに付き合ってくれている。

翔が眠ってからの二人だけの時間に限らず、優しいし甘い言葉も欠かさないし、男らしくて頼りにもなる。

それらが相まって、彩芽の駿への想いは日増しに募っていく一方だった。

――こんなにも幸せでいいのかなぁ……なんてふとした折に思ってしまうこともしばしば。

依然として絶縁状態にある祖父の件は解決に至ってはいない。けれど駿や周囲のおかげで、彩芽は幸せな日々を送ることができていた。

冴木に忠告を受けた日からちょうど二週間ほどが経ち、車での時間を含めて、親子三人での暮らしにもすっかり慣れてきた最中、三人の幸せに水でも差すかのような出来事が勃発した。

＊＊＊

季節は晩秋目前。十月も中旬を過ぎると、随分肌寒くなってきた。早朝ベッドから出るのも億劫になってくる。

隣に最愛の旦那様である駿がいるのだから当然だろう。

もうそろそろ起きようかとしていた彩芽は、駿の熱烈な抱擁と、とびきり甘やかな声音を耳元でお見舞いされてしまい、あやうく朝から甘やかな雰囲気に呑まれてしまいそうだったくらいだ。

「おはよう、彩芽。けどまだ早いよ。翔も熟睡してるし、もうちょっと寝てないと身体もたないだろ。昨夜も無理させちゃったんだし」

すぐにでも臨戦態勢に突入しそうだった駿には、なんとか甘やかなキスだけで留めてもらうことに成功したが、出勤してからも彩芽の心はピンク色に占領されてしまっている。

大好きなチョコレートに囲まれながら、幸せいっぱいにチョコレート作りに精を出していた。

いつものように先輩方の作ったチョコレートのラッピングにはじまり、ショーケースへの補充に、器具や道具の洗浄という雑用をこなしつつ、任せられているテンパリングにも励んだ。

昼休憩も終わり午後の業務に入ろうとしていた時のことだ。

急遽、店長である葛城に店頭業務を命じられ、彩芽は午後から店長夫人の薫と共に店頭業務をこなしていた。

何でも、午後から出勤するはずだったアルバイトの女子大生が今朝から発熱で寝込んでいるのだという。

これまでも、商品の値段を最小限に抑えるために少人数で回していたため、そういうことも珍しくなかった。

何より、お客様の生の声を聞ける絶好のチャンスだ。

接客業に不慣れながらも薫の指示の元、彩芽は美味しいチョコレートを作るためのヒントを得られないかとアンテナを張り巡らせつつ、懸命に店頭業務を遂行していた。

午後四時を回る頃には客足も途絶えてきて、薫は休憩を取るため一階の店舗から二階にある居住スペースに戻っていった。なので彩芽は一人で店頭業務を担っている。

たった今、会計を済ませたばかりの彩芽がレジ周りの整理をしているところに、ショーケースへの補充のため、仕上がったばかりのチョコレートを載せたトレイを手に冴木が店頭に顔を出した。

ちょうどそこへ、入り口の自動扉を潜って若い一人の女性が入店してきた。

イベントごとのないシーズンであるのと平日とあって混雑することもなく、少し前に二人連れの女性客が退店したところだったので、店内にはその女性一人だけだ。

二人が揃って「いらっしゃいませ」とにこやかに迎え入れたのだが……

その女性はショーケースのチョコレートには目もくれず、会計スペースまで歩み寄って来ると、彩芽の姿を何やら冷ややかな双眸で視認した途端、値踏みでもするように不躾な視線を寄越してきた。

明らかに悪意ある剣呑とした鋭いものだ。

――何？　急に。初対面のはずなんだけどな。

見覚えのない見知らぬ女性客から向けられた不躾な視線に戸惑いを隠せずにいる彩芽の元に、女性から声がかかった。

「あなたが杜若彩芽さんね。お姉様の咲良さんとはあまり似てらっしゃらないのねぇ。驚いたわぁ。まさかこんなにも慎ましやかで小柄な方だったなんて。でも、ただのフェイクですものねぇ。見かけなんて二の次。そんなことも知らずにいる彩芽さんが不憫だわぁ」

初対面のはずなのに、彩芽のフルネームを知っているのには驚かされたが、胸ポケットのネームプレートでも見ているからだろうと思っていた。

だが話しぶりからして、どうやらそうではないらしい。

とはいえ、話がまったく見えず、彩芽は困惑するばかりだ。

どうして初対面の女性からいきなりそんなことを言われなければならないのか、彩芽にはまったく身に覚えがない。

だが明らかに彩芽に悪意を抱いていることが窺える。

「フェイク」だとか「見かけは二の次」だとか少々引っかかるワードはあるが、咲良の妹だと知っているようなので、おそらく姉に関してのことであるのだろう。

これまでにも大なり小なりそういうことはままあった。

――けど、だからって私に言われても困るんですけど。しかも仕事中だし。はた迷惑にもほどがある。

ここはしっかり注意して、そうそうにお引き取りいただかなければ。

そんなことを思案していると、視界の隅で冴木が口を挟んでいいものか、様子を窺っている様が割り込んでくる。

彩芽は、すぐ側で彩芽を心配そうな面持ちで窺う冴木に目配せしてから女性へと向き直った。

「あの、申し訳ないのですが……姉に関することでしたら、所属する事務所までお願いします。いくら姉妹とはいえ仕事には一切関与しておりません。ご覧の通り仕事中ですので、どうぞお引き取りください」

そうして毅然とした態度で女性に言い放ち、丁重に頭を下げつつ女性の出方を静かに窺っていたのだが。

女性はここからが本題とばかりに、何やら勝ち誇ったような不敵な笑みを浮かべると、冷ややかな声音を放ってくる。

「あら失礼。私、神宮寺駿さんの大学の後輩であり、婚約者になるはずだった久住栞(くずみしおり)です。あなたのおかげで、駿さんにはお見合いもせずに袖にされましたのよ。けれど、それにはある事情があったみたいですの」

これにはさすがに驚きはしたが、過去のことだ。それを今更何だというのだろう。

相手にしてはいけないと頭ではわかっているのに、女性の目的が不明瞭すぎて、思わず問い返してしまったほどだ。

「……あの、それはどういう意味でしょうか？」

すると女性は、その言葉を待っていましたとばかりに、冷ややかな声音で強烈なパンチのごとく一撃を繰り出してくる。

「あなたとの結婚は、咲良さんとの交際を裏で継続するためのフェイクだったようですの。それから、副社長に就任するための条件が身を固めることだったようですわ。何もご存じない彩芽さんがあまりに不憫で、わざわざ忠告して差し上げに参りましたの。それでは、ごきげんよう」

女性は言いたいだけ言葉を重ね気が済んだのか、あまりの衝撃に呆然と立ち尽くしたままでいる彩芽を置き去りにして、さっさと店から出て行ってしまうのだった。

彩芽に背中を向けて退店していく、派手な装いをした彼女の後ろ姿を彩芽はぼんやりと見つめることしかできずにいる。

そこに一部始終を見届けていた冴木に声をかけられ、ようやく彩芽は正気を取り戻した。

「おい、彩芽。大丈夫か？」

「あっ、はい。びっくりしちゃって。それより、変なことに巻き込んじゃってすみませんでした。さ、気を取り直して、仕事仕事。冴木先輩も早く持ち場に戻ってくださいね」

この場を仕切り直すようにそう言い放ったものの、内心は動揺しまくりだ。

——駿さんがお姉ちゃんとの交際を裏で継続するためのフェイクって何？　副社長に就任するための条件が身を固めることってどういうことなの？

そういえば、再会した駿との交際も同居も仲を取り持ってくれたのは姉の咲良だ。

駿と咲良は大学の同期だったと言っていた。さっきの女性は咲良にとっても後輩であるのだろう。女性の言うように、学生の頃に二人が交際していたとしたら、久々に再会してやけぼっくいに火がついたということなのではないだろうか。

そう考えると、すべてがしっくりとくる。

王子様のような駿の隣には、小柄で地味な自分よりも人気モデルの咲良の方がお似合いだ。

けれど姉には恋人がいる。彼は嫉妬深い。まだ交際を始めて数ヶ月ほどだし、別れを切り出そうものならもめるに違いない。そうなればスキャンダルになる。

人気モデルの咲良にしても、ＹＡＭＡＴＯの御曹司である駿にしても、騒ぎは避けたいだろうし、公にもしたくないだろう。

それに翔のこともある。

責任を取るためにも結婚しておいた方が世間的にも、心証がいいだろう。後になって離婚したとしても、バツが一つつくくらい悪影響はないだろうし。

副社長になる条件が身を固めることなら、駿にとっては渡りに船だったのかもしれない。

——違う。そうじゃない。駿さんはそんな人じゃない。お姉ちゃんだってそんなこと絶対にしない。でも。

——ど、どうしよう。二人を信じたいのに、最後には悪い考えに行き着いてしまう。

駿と咲良を信じたいという気持ちと、もしかしたらという気持ちとがない交ぜになって、彩芽の心を掻(か)き乱す。

「泣きながら笑ってんじゃねーよ。バカ」

気づいた時にはすぐ側にいた冴木に強い力で抱きしめられていて、彩芽の目から大粒の雫(しずく)がポロポロと零(こぼ)れ落ちていく。

半ばパニック状態の彩芽は、冴木に迷惑をかけたらいけないと頭では理解できるのにどうすることもできない。

まるで心と身体が剥離(はくり)してしまったかのよう。

しばらくの間、冴木の腕の中で動けずにいた。

時間にして、数分ほどだっただろうか。

「もう、俺にしとけ」

冴木からの思いがけない台詞に、彩芽は驚きのあまり頭が真っ白になってしまう。

茫然自失状態の彩芽の耳元で、冴木の焦ったような声が響いてすぐ、冴木の腕から解放された。

「あっ、悪い」

そうして続けざまに、気まずい空気を一掃するかのごとく、冴木からいつもの軽口が炸裂する。

「今のはあれだ。不可抗力ってことで、セクハラで訴えるのはなしだからな。さっきのも忘れろ。けど、どうしても辛かったらいつでも……だからもう泣くな」

――あー、何だ。辛かったらいつでも相談に乗ってやるって意味……だったのか。うん、そうだよね。

後輩思いで面倒見のいい冴木らしいと思いつつ、彩芽は慌てて涙を拭(ぬぐ)い去った。

いつまでも泣いていたのでは、冴木の気遣いを無碍(むげ)にしてしまう。そう思ったからだ。

それでも泣き顔を見られるのは気まずくて、少し俯(うつむ)き加減で冴木に向き直った。

すると冴木から励ましの言葉がかけられ、彩芽はハッとする。

「しっかりしろ。あんな非常識な女の戯言(たわごと)なんか、信じるに値しないだろ。ちゃんと旦那と話せ。違うとは思うけど、万が一事実だったら俺が慰めてやるから。ほら、もう泣くな。お前が目なんか腫らしてたら翔が心配するぞ。あいつ、結構勘が鋭いからな」

冴木のおかげで、彩芽はようやく落ち着きを取り戻すことができた。

――そうだ。先輩の言うとおり、あんな人の言葉なんて信じちゃダメだ。駿さんやお姉ちゃんが、そんな酷いことするわけがない。気になるなら本人に聞けばいい。

これはきっと、駿と彩芽との仲を裂こうとしているからに違いない。

ようやく正常な判断ができるようになった彩芽は、なんとか仕事にも戻ることができたのだった。

そんなこんなで迎えた終業時間。

「こら、背中が曲がってんぞ。シャキッとしろシャキッと！」

「いったいなー！　もー！　何するんですか!?　びっくりするじゃないですかっ」

帰りがけ、ロッカールームを出たところで、どうやら彩芽を待ってくれていたらしい冴木からパシンッと背中を叩かれ、思わず大きな声が上がってしまった。

「おっ、いつもの調子が戻ってきた。その調子で当たって砕けてこい」

「いやいや、砕けたりしませんからっ！」

「ハハッ、言葉のあやだろ。じゃあな。お疲れ～」

「お疲れ様でした」

少々手荒いし口は悪いながらも、冴木の優しさが胸にグッとくる。

彩芽は冴木の背中を見送りつつ、これまでのことを思い返していた。

思えば、冴木にはいつもいつも世話になりっぱなしだった気がする。

冴木だけではない。店長にも他の先輩方、それから両親や咲良にも。

皆に恩返しする意味でも、あんな誰かわからない女の言葉に惑わされている場合ではない。

待っていたって幸せになんてなれっこないのだ。自分の手で掴み取りに行かなければ――

諦めなかった駿がそうであったように――今度は彩芽が頑張る番だ。

決意を固めた彩芽は、もう振り返ることなく、力強い一歩を踏み出した。

……そのつもりだったのだが。

いざ迎えの車に乗り込み、後部座席にいる駿と隣り合って腰を落ち着けた途端、彩芽は怖じ気づいてしまいそうになる。

いつもの彩芽なら、その日あったどんな些細なことであっても駿に話すし、駿の話にも耳を傾けるのだが。黙ったまま俯いてしまっている。

そんな彩芽の様子に駿が違和感を覚えないはずがない。

運転手の桐島にしたってそれは同じだったようだ。桐島はルームミラー越しに駿に目配せをするが、視線を自身の膝に固定している彩芽は気づいてなどいない。

心配げな桐島の視線を静かに受け止めた駿は、彩芽の手をそうっと包み込んだ。

驚いた彩芽はビクッと肩を跳ね上げ、駿の方に顔を上げる。

「何かあったようだね。もしかして俺に関することなんじゃないの？　だったら聞かせてほしい」

するととても心配そうな駿の綺麗に済んだ漆黒の瞳が待っていて、彼からの言葉に、ドクンと彩芽の鼓動が跳ねる。

察しがついている風な彼の口ぶりに、久住栞の言葉が真実なのではないかと、妙な憶測が浮上してきてしまったからだ。

——駿さんとお姉ちゃんに限ってそんなわけあるはずない。しっかりしろ、自分！

胸の内で必死になって言い聞かせていると、駿が彩芽の手を包んでいる大きな手をぎゅっと力を込めて握り返してくる。同時に、怖いくらいに真剣な眼差しを向けてきた。

「彩芽、俺を信じてほしい」

そうして耳に心地良くも、強い意志の籠もった揺るぎのない声音で彩芽の心に囁きかけてくる。

あたかも彩芽を丸ごと包み込むような、力強い彼の言葉に、あんなにも不安だったのが嘘だったかのように、暗雲が立ち込めていた心の中が晴れ渡っていく。

——どうして疑ったりしちゃったんだろう。

一瞬でも駿を疑ってしまった己に対しての怒りが込み上げてくる。

「……疑ったりして……ごめんなさい」

気づけば、彩芽は事の経緯を説明するよりも先に、駿への謝罪の言葉を震える声で紡ぎ出していた。

その瞬間、駿が素早い動きでシートベルトを解除したのを知らせる金属音が響いたのだが。その時には、彩芽の身体は駿によって胸に抱き寄せられていて。

「謝るのは俺の方だよ。俺のせいで嫌な思いをさせてしまったようで、ごめん」

駿に謝罪されてしまった彩芽は、大慌てで駿の胸板を押し返し、必死になって矢継ぎ早に言い募る。

「違う。駿さんのこと信じたいって思いながらも、自分に自信がなくて、不安になったのがいけないんです。でも、どうしてちんちくりんで地味な私なんかのことを好きになってくれたのか、わからなくて。とにかく私がいけないんです。ごめんなさい」

どこまでも続いてしまいそうな彩芽の言葉を止めようと、駿の声が割り込んでくる。

「彩芽。わかったから。少し落ち着こうか」

「でも、それじゃあ私の気が収まりませんよ」

「なら、俺が彩芽のどこがどう好きかは、二人きりになってから手取り足取り教えてあげるから。でないと桐島が気まずくなったら可哀想だろ。だからまずは、何があったか話してもらえる？　でないと、ここで口塞(ふさ)いじゃうよ。だから、ね？」

「――ッ！」

興奮した彩芽が彼の言葉を遮(さえぎ)ろうとするも、彩芽にだけ聞こえるように潜めた声で、あからさまな台詞を囁かれてしまっては、全身をこれでもかというように朱色に染められた彩芽は黙るほかなかった。

結局翔のお迎えに行くまでの道中、優しくも容赦のない駿によって、彩芽は尋問される羽目になった。

そして何があったのかを洗いざらい吐き出すことになった。女性の名前はもちろん、駿と咲良のこともだ。

おまけに、本来なら無関係であるはずの、ただその場にいただけの冴木のことまで根掘り葉掘り。

経緯を聞き終えた駿は、ハァ……と深くて長たらしい溜息を吐き出した、次の瞬間。

「本当に優しくて面倒見のいい、親切な先輩だね。けど、面白くないな。彩芽が困ってる時に俺以外の男が彩芽の側にいたなんて」

不機嫌そうな低い声音で、ぼやくように呟いた。駿の独占欲剥き出しの言葉に、彩芽がキュンとしたのは内緒だ。

「けど、駿さんのことを信じて話せって助言してくれた先輩のおかげで、前向きになれたんです。結局は、怖くて言えなくなっちゃったんですけど」

「……そうだったんだね。けど、必要以上に親しくしたらダメだよ。先輩も男なんだからね」

「はい、わかってます」

それから話しているうち、口調が素に変わったことで、彩芽がますます胸を高鳴らせていたことも。なぜかその際にも、駿が盛大な溜息を吐いたが、その心理はまったくもって理解できなかったけれど。

そんなこともあったが、その後、あくまでも駿の見解ではあったが、久住栞の目的についても話してもらった。

久住は確かに駿と咲良の後輩であるらしい。

そして、取引先などから舞い込んできたいくつもの縁談話の中に、久住の名前も含まれていたのだという。

驚くことに彼女は、ＹＡＭＡＴＯと暁にとって競合相手である、日本最古の百貨店として知られる、鳳凰堂デパートの創業者一族と血縁関係にあるそうだ。

かつては百貨店の中でもダントツの売り上げを誇っていた鳳凰堂。しかし時代の変化には逆らえず、ここ数年は赤字続きであるらしい。

おそらく、駿と彩芽との結婚を機にＹＡＭＡＴＯと暁が合併なんてことにならないように、妨害を企てているのだろうと、忌々しげな表情で駿は説明してくれた。

中でも驚いたのは、駿と咲良の関係だ。

何でも駿にとっては、長年の親友であり、現在の秘書を務めてくれている、三谷功と咲良とが大学生の頃の恋人同士であったために、親しくなったのだという。

三谷とは彩芽も面識があった。引っ越しの前に駿に紹介してもらっている。

少々軽い印象ではあったが、とても爽やかな男性だった。

何やら気まずそうだったのは、そういう事情があったのか。

大学生の頃の咲良はモデルにスカウトされたばかりで、多忙を極めていた。恋人もいたようだが、とっかえひっかえしていたような記憶がある。三谷との関係も、きっと短期間だったのだろう。

だったら、彩芽に紹介しなかったとしても不思議ではない。

――何だぁ、そういうことだったのか。良かった。

駿の説明に耳を傾けていた彩芽は、ようやくホッと胸を撫で下ろしたのだった。

けれど、安心するにはまだ早かったらしい。

なぜならその直後、駿からこれからますますその動きが顕著になるかもしれない。だから気を付けてほしい。そう言って釘を刺されてしまったからだ。

実は駿が彩芽たちを送迎すると言い出したのも、その件があったからだったらしい。

まさか、職場にまで乗り込んでくるとは思いもしなかったようだけれど……

そうまでして妨害してくるのは、それだけ切羽詰まっているということなのだろう。

なので、これまで以上に気を引き締めなければならないとも駿は話していた。

もちろん、わずかな時間の間でも彩芽と一緒にいたいと言った言葉も本音だと言ってもくれた。

最後には、やけに神妙な面持ちに取って代わった駿から徐（おもむろ）に抱き寄せられたかと思った後、ギュッと強い力で抱きしめられる。

「彩芽と翔を幸せにするためにも、俺がなんとかする。絶対に彩芽を裏切るようなことはしないって約束する。だから、何があっても俺を信じていてほしい」

心なしか声を震わせつつ、低い声音を響かせた。

そんないつになく不安そうに感情を露（あら）わにする駿の様子に、彩芽は得体の知れない不安に苛（さいな）まれてしまう。

何があっても——この言葉にどうも引っかかりを覚えてしまったせいだ。

それから、そんなに心配しなくてもいいのにとも。

こんなにも駿が不安になるのは、それだけ彩芽たちを想ってくれているからこそに違いない。こんなにも嬉しいことはない。

だがその不安をなんとか早く拭い去ってあげたいという気持ちもある。

——確かに心配だけれど、もう誰に何を言われたって、駿さんを疑ったりしない。

さっきはそんな事情があるとは知らなかったせいで、不安でしようがなかったけれど、今は違う。

これからはたとえ何があったとしても、駿を信じきる自信がある。

それをちゃんと彼にもわかっていてほしい。

彩芽は、駿の不安げに揺らめく綺麗な漆黒の双眸を真っ直ぐに見つめながら、しっかりと揺るぎない言葉を紡ぎ出す。

「はい。たとえ何があろうと、駿さんを信じ抜いてみせますから安心してください」

そうして駿の広い背中に精一杯腕を広げて抱きつき、そのままギュッとしがみついた。

この想いがどうかしっかりと彼に届いてくれますように——そう願いながら。

この時、やけに不安そうだった、駿の言動の裏側に秘められていた想いを彩芽が知るのは、もう少し先のことになる。

＊＊＊

「何があっても、俺を信じていてほしい」

——駿にそう言われてから二週間ほどが経った。

季節は晩秋。十一月ともなれば街路樹を彩る樹木の紅葉も深まり、寒さが身にしみる季節となってきた。

木枯らしが吹き荒れるたびに枯れ葉が舞い散る様が、なんとも物悲しい雰囲気を漂わせている。

あと一ヶ月もすれば十二月。チョコレート専門店にとってはバレンタインに次いでの繁忙期であるクリスマスシーズンが到来する。

そうなると残業必至、休日も返上で作業に当たらなければならない。

その際の休日の代替えとして、スタッフが交代で半休を取得するなりして消化するのが慣例となっている。

この日は、彩芽が午後から半休を取ることになっていた。

平日なので、送迎は運転手の桐島だけの予定だ。

数日前から駿がひどく残念がっていたのだが、さすがに彩芽の送迎のためだけに専務である駿が仕事を切り上げるのは無理だったようだ。

――駿さんってば、心配性なんだから。

そうは思いつつも、内心では嬉しさを隠しきれない彩芽だった。

午前の業務も終わり、休憩室で自作の弁当を食べつつ、ふふっ……なんて笑みを零していた、彩芽の向かいには、もちろん冴木の姿もある。

「何だ何だ。思い出し笑いかよ。気持ち悪い奴だなぁ」

「気持ち悪いって、ひどい！」

いつものように昼食を味わいながら冴木とおバカなやり取りを繰り広げてる彩芽の耳に、休憩室に置かれているテレビから、人気モデルである咲良の名前が流れてきたことで、彩芽と冴木の意識はそちらへと吸い寄せられる。

「人気モデルの咲良さんと言えば、確か春頃でしたよね。国民的ロック歌手・ルイさんとの密会が報じられて大きな話題になっていましたが、今度は人気チョコレートブランドの、海外帰りのエリート御曹司とですか〜」

意識を向けた彩芽の視界には、お昼のワイドショーの司会者が大きな画面に映し出されている、週刊誌の記事について数名のコメンテーターと意見を交わしている姿が映し出されている。

それらを確認した刹那、彩芽の周囲からすべての音が消え去り、頭の中も真っ白になる。

週刊誌の写真は夜の繁華街で撮影されたものであるらしく、不鮮明なものだった。もちろん一般人の男性の顔にはモザイクがかけられているし、企業名もぼかされてはいる。

けれど確かにそこには、咲良と駿と思しき男女の姿が映っていた。

しかも、しっかりと抱きしめ合っているようにしか見えない。

――違う。二人に限ってそんなことあるはずがない。

これはきっと合成写真に違いない。

そう思ってはいるのに、心が追いついてはくれないのだ。

事実ではないと思っていても、実際にこんな場面を見てしまったのだから無理もない。

駿から釘を刺された日から今日までの二週間の間、特に変わったこともなかったから油断していたのもある。思わぬところから不意打ちを食らった彩芽は、テレビの画面に釘付けのまま涙を流してしまっていた。

人間は、心底驚いた時には言葉など発せられないし、頭も真っ白になってしまうらしい。

ものすごくショックを受けているはずなのに、頭の片隅でそんなことを思っていた。

だがどうすることもできない。

身動ぎ(みじろ)も瞬きさえも忘れて画面に釘付け状態の彩芽の身体が、いつぞやのように側にいる冴木により囲い込むようにして腕に閉じ込められていた。

冴木に頼ってばかりではいけない。頭ではそう思っているのに身体が動かない。

そこに、冴木の身体を通してなんとも切なげな、けれどもしっかりとした口調で、彩芽に言い聞かせるようにして冴木の声音が切なく伝わってくる。

「ショックなのはわかるけどさ、まだ本当かどうかもわかんねーだろ。第一、お前にとって大事な家族がそんなことするわけないだろ。おい、しっかりしろ！　泣いてる場合じゃないだろ！　ちゃんと確かめろ。な？」

けれども鼓膜に薄いベールでもかかってしまっているかのように聞こえる。

夢の中の出来事のようで、まるで現実味がない。

数秒して、覚束ないながらも脳が少しずつ内容を解読し始める。

――そ、そうだ！　二人がそんなことするわけがない！

二週間前、彼ははっきりと約束してくれたのだ。

「彩芽と翔を幸せにするためにも、俺がなんとかしてみせる。絶対に彩芽を裏切るようなことはしないって約束する。だから、何があっても俺を信じていてほしい」

そんな彼が自分を裏切ったりするわけがない。これには何か事情があるはずだ。

おそらくあの女性――そう、きっと久住が関係しているに違いない。

三年もの月日を経てようやく手にした、この幸せをこんなことでダメになんかしたくない。

だって、ちゃんと約束したのだ。――今こそ信じてあげないといけない。

「あの、ありがとうございます。冴木先輩が言ってくれたように、これは何かの間違いだと思うので、私、帰ります。帰ってちゃんと確かめます」

そんなタイミングで、テーブルに置いてあった彩芽のスマートフォンが電話の着信を知らせる軽快な音色を奏でた。

――もしかしたら、駿さんかもしれない。ううん、きっとそうだ！

「俺のことは気にしなくていいから、ほら、電話出ろよ。俺ももう仕事に戻るし。気を付けて帰れよ。じゃあな」

いつものように明るい声でそう言い置くと、冴木は休憩室を後にした。

彩芽は胸の内でひっそりと、正気を取り戻させてくれた冴木に感謝してからスマホへと意識を切り替える。

彩芽がスマホの画面を確認すれば、そこには意外な人物の名前が表示されていて、途端に彩芽は顔を顰めてしまう。

「……こ、こんな時に限って。どうして？」

未だにしつこく鳴り響いている着信音で満たされた休憩室には、軽快な音色とは真逆の彩芽の憂いに満ちた声音が虚しく響き渡っていた。

駿かと思っていた着信の相手は桑村といって、祖父の秘書を務める五十代後半の男性だった。

五年前、連れ添いである律子を急病で亡くすまでは彼に秘書業務だけを担ってもらっていたのだが、現在は気難しい祖父の身の回りの世話まで焼いてくれている。

何でも桑村は若い頃に両親を亡くしている苦労人で、路頭に迷う寸前だったのを祖父に拾われたとかで、その恩義からか祖父に並々ならぬ忠誠心を捧げている。

祖父が黒だと言ったら、たとえ白でも黒に塗り変えてしまうような男だ。

「お祖父様が急病で倒れられ、一刻を争う状況です。今からお迎えに上がります」

その桑村から、一方的にこう告げられたのである。

いくら縁を切り家を出ていようが、家族の一大事とあらば駆けつけるのが当然だろう。

「わかりました。お願いします」

彩芽は何の疑いもなく、桑村の言葉にそう答えて素直に従ったのだ。

そうしてご丁寧にもボヌールの裏手に横付けされた黒塗りの高級車によって、祖父が倒れたという高級料亭に案内された彩芽を待っていたのは――

倒れたはずの、えらくご機嫌な様子でご自慢の白髪混じりの顎髭を撫で下ろしている祖父・太一郎本人だったものだから、彩芽が驚くのも無理はない。

「お、お祖父様っ！　大丈夫なんですかっ」

「おー、彩芽。元気そうで何よりじゃな。翔も元気にしてるようでホッとしたぞ」

部屋まで先導してくれた桑村によって開け放たれた襖の前で、驚嘆する彩芽の姿を見上げつつ、荘厳で上品な装飾が施された雅な広い和室の中央に置かれた、漆塗りの座卓の上座に腰を落ち着けている太一郎は、ハハハッと豪快な笑い声を上げている。

だが何か嫌なことを思い出したように、すっと笑みを消し去った太一郎が、途端に忌々しげな表情を浮かべ、不機嫌そうに低い声音を響かせる。

「あんなＹＡＭＡＴＯのボンボンなんぞと一緒に暮らしていると聞いた時には、腰を抜かすところじゃったがな。儂の思った通りになったではないか。だが、今回のことで目が覚めたじゃろう」

そこで、彩芽はすべてを悟るのだった。

駿とのことを祖父には言わないようにと両親には口止めしていたが、おそらく桑村に調べさせたのだろう。そして今回のスキャンダルを聞きつけ、駿と別れさせるために一芝居打った――そういうことに違いない。

彩芽は腹の底からふつふつと怒りが込み上げてくるのをなんとか抑え込んだ。

こういう時、感情的になってしまったら、負けだ。

冷静な判断ができなくなってしまう。

それでは祖父の思う壺だ――

祖父は昔から強引なところがあって、自分の思い通りにならないことがあると、なんとしてでも強引にねじ曲げようとするところがあった。

長男として生を受けて以来、周囲の親族から暁を担っていく後継者として大事に育てられてきたそうなので、思い通りになるのが当たり前。自分の意にそぐわないことが面白くないのだろう。

そんな人の我儘に振り回されては堪らない。

「お祖父様、そんなことを言うためにわざわざ嘘までついて呼び出すなんてあんまりです。もう今後一切信じませんから、そのおつもりで。ではこれで失礼します」

彩芽はもう何を言われようとも耳など貸さない。これが最後だ。

そのことを告げてから、祖父にクルリと背中を向け立ち去ろうとしたところ、彩芽を引き止める祖父の声が聞こえた。

「彩芽、待ちなさい」

腹に据えかねた彩芽は当然、気づかないふりを決め込もうと思っていたのだが——

「お前をここに呼んだのは、競合であるＹＡＭＡＴＯのせいで倒産寸前に追い込まれた暁を救ってほしいからなんじゃ。哀れな老いぼれを救うと思って、この通り、頼む」

先ほどまでの身勝手で傲慢な口ぶりは霧散し、えらく弱々しい悲痛な声を放ち、終いには、彩芽に懇願するかのような言葉を放った祖父の変わりように驚いた彩芽が振り返った先には、土下座する祖父の姿があった。

——誰よりもプライドが高い、あのお祖父様が土下座するなんて信じられない。いや、そんなことより、ＹＡＭＡＴＯに倒産寸前まで追い込まれたってどういうこと？

信じられない光景を前に、彩芽は大きな衝撃を受けその場で立ち尽くすしかできないでいる。

8　永遠に解けない魔法

それからしばし沈黙があり、数秒ほど経った頃。困惑しっぱなしだった彩芽に向けて、太一郎が耳を疑うことを言い放った。

「ＹＡＭＡＴＯの青二才が、お前との結婚を機にうちを買収したいと言ってきよってな。当然即刻断ってやったが。あの青二才めが反撃に出よった。うちのメインバンクに根回しして融資を打ち切りにするよう仕向けてきた。おかげでうちはてんてこ舞いじゃ」

――そんなの嘘に決まってる。駿さんが買収なんて持ちかけるはずがない。ましてやそんな卑怯な真似なんて絶対にしない。

「いい加減にしてくださいっ！　いくら駿さんが気に入らないからって、そんな嘘までついて。呆れました。もう何を言っても無駄のようなので、今度こそ失礼しますね」

冷静を心がけていたはずが、怒り心頭に発するを体現したかのような有様の彩芽は、太一郎に対してキッパリと言い放つ。そして今度こそこの場から立ち去ろうとしていた。

そんな彩芽に対して太一郎は、これまた信じられないことをのたまった。

「今日、ここにお前を呼んだのは、お前を見合い相手と引き合わせるためじゃ。暁の後継者としても、婿としても申し分ない男じゃ。きっと彩芽も気に入るに違いない。もちろん、翔もな」

――まだそんなこと言って、これじゃ埒があかない。

これ以上何を言っても無駄だと判断した彩芽は、これ以上ないというほどの鋭く冷ややかな口調で祖父の言葉を跳ね返した。

「さっきから勝手なことばっかり言って、私が『はい、そうですか』って従うと思ったら大間違いですよ。私はもう家を出た身です。赤の他人だと思って諦めてください。さようなら」

そうしてそのまま祖父に背中を向けて足を踏み出したのだが、太一郎から、これまた信じられないどころか、脅迫めいた台詞が返ってきたことにより、状況は一変する。

「なら、翔は儂が引き取って、暁の後継者として立派に育てるから、そのつもりでいなさい」

――翔を引き取るって、どういうこと？　何を勝手な！

彩芽の頭の中は、もう何が何やら大混乱だ。そこに言い尽くせないほどの怒りが加わり、頭の血管でも裂けてしまうのではと、懸念するほどだ。

だが、そんなことできるはずがない。

いくら親族だといっても、保育園の送迎には、両親――彩芽と駿にしか応じてくれないはず。

そう思っていたのだが……

「桑村、手筈はどうじゃ」

「ええ、整ってございます。保育園にも既にお迎えにあがっておりますゆえ、今頃はお昼寝の真っ最中かと」

　どうやらその考えは、甘かったようだ。

　嫌な予感に苛まれている彩芽に構うことなく、桑村が黒スーツの懐から取り出したスマートフォンを受け取った太一郎が、意味深な発言を繰り出す。

「そうか、そうか。さぞかし可愛い寝顔なんじゃろうなぁ」

「どうぞ、こちらを」

「おお、やっぱり曾孫は可愛いものじゃなぁ。よう眠っとるぞ。ほれ」

　それをどこか他人事のようにぼんやりと眺めていた彩芽の眼前に、したり顔の太一郎が掲げたスマートフォンの画面には、彩芽が幼い頃によく訪れた、太一郎の居室に設えられているソファで、気持ち良さそうにスヤスヤと眠っている翔の寝顔が映し出されていた。

　たちまち頭からサーッと血の気が引いていく。

　ショックのあまり呆然と立ち尽くしたままの彩芽は、悲痛な声を漏らしていた。

「……ど、どうして、こんなこと……！」

　まさか祖父が、ここまでするとは思いもしなかった。

　また同時に、祖父がこんな強引な手段に出るのは、つまりそれだけ追い詰められている状況だということでもある。

　だとすると、本当にＹＡＭＡＴＯに買収されそうなのだろうか？

――ううん。そんなわけない。今こそ、駿さんを信じてあげないでどうするの。

これもきっと、祖父の芝居に違いない。

彩芽は今にも崩れ落ちそうになる気持ちをグッと堪え、祖父に向けて真っ直ぐに言い放った。

「お祖父様がこんな卑怯な真似をするなら、私もそのつもりで対応させてもらうだけです」

するとすっと笑みを消した祖父が即刻言い返してくる。

「警察にでも通報すると言うのか。そんなことしてみろ、今度こそ絶縁じゃ。両親にも姉にも一切会わせんぞ。それでもいいのか？」

――何を今更。もうとっくに縁を切る覚悟ならできている。

彩芽は祖父に間髪入れず言い切って見せた。

「はい、構いません」

もしも今回の件で駿に迷惑がかかってしまうなら、身を引くつもりだ。

どんなに想い合っていても、叶わないことだってあるだろう。

その時は元々、縁がなかったと諦めるまでだ。

そこまで思考が至ると同時、彩芽の胸が引き裂かれそうな痛みに苛まれ、頬には生ぬるい雫が流れ落ちていく、その刹那。

「ほう、そうか。なら仕方ないな」

祖父からつまらないというように素っ気ない言葉が放たれた。と、そこにバタンッと廊下側ではなく、横続きとなっている座敷側の襖が豪快に開け放たれた大きな音が響き渡った。

そうしてそこから現れたのが、走って来たのだろうか、肩を上下させて荒い呼吸を繰り返している駿だったものだから、彩芽は驚きすぎて何の反応も返せない。

そんな彩芽の元に、駿の足元をとことこと横切って駆け寄って来た翔の姿もあった。翔はいつものように、彩芽の腰元に抱きついてくるなりだっこをせがんでくる。

「まんま～。だっこだっこ～！」

もはや何がどうなっているのかさっぱりわからない。

呆然とした彩芽の顔をキョトンと見上げて不思議そうに首を傾げる翔に、手をブンブン振り回されるままで動けないでいる。

「まんまぁ～？」

そこに、未だ荒い呼吸を繰り返している駿に向けて、祖父から放たれた言葉により。

「おう、思ったより早かったではないか。ちょうどいい、たった今結論が出たとこじゃ。どうせ、あの写真も近頃はやりのフェイクとやらじゃろ。あれさえ解決してくれれば、可愛い孫と曾孫も、暁もお前に任せよう。好きにしなさい。だが、不幸になんぞしたら、この儂が末代まで祟ってやるから、そのつもりでいなさい」

どうやら、駿と祖父との間で何らかのやり取りがあったことが窺える。そして結果として、彩芽と駿とのことを祝福してくれるようだ。

それに対して、しっかりとした口調でキッパリと言い切ってくれた駿の言葉からあのスキャンダルがでまかせだったとハッキリした。

「もちろんです。あんな写真なんて身に覚えありませんよ。今動いているところです。彩芽さんと翔くんのことはお任せください、絶対に幸せにしてみせます。もちろん暁のことも」

——何が何やらよくわからないけど、やっぱりあれは事実じゃなかったんだ。よ、良かったぁ……

ホッとしたせいか、彩芽は気づけばへなへなとその場にへたり込んでしまう。

彩芽の異変にいち早く気づいた駿が慌てて駆け寄り、抱き起こして腕の中に包み込んでくれた。

「彩芽、心配かけてごめん。色々対応に追われて、君のお祖父様に呼ばれたのに、遅くなってしまって本当にごめん」

同時に、彼の身体を通して彼の温かな体温と心地良い声音とが伝わってくる。

どうやら彼も突然祖父に呼ばれてここに来たようだ。

「彩芽、嫌な思いをさせて悪かったな。だが、行き違いで一度は別れたんじゃ。またそうならんとも限らん。そこでしばらく様子を見ておったのじゃ。で、今回の報道の件で一芝居打たせてもらったというわけじゃ。こういう時に本質が出るからのう」

どうやら先ほどのことに関しては、祖父の独断であったらしい。

詳しい経緯はわからないが、おそらく彩芽の覚悟がどれほどのものであるのかを見定めてでもいたのだろう。

駿の腕の中でそんなことを考えていると、痺れを切らした様子の翔が不機嫌そうな声を出す。

「ぱぱ、まま、じゅるいじゅる～い！　かーくんも、らぶらぶしゅる～！」

翔からの思いもよらない抗議に駿と彩芽は大慌てで離れ、翔の元に駆け寄る。

「か、翔。ママたち、別にらぶらぶしてたわけじゃないから」

「そ、そうだぞ。翔」

「なかよし、いーこいーこ～！」

二人仲良く弁明するも、いつものキラッキラの可愛い王子様スマイルで微笑む翔に二人して頭をなでなでされる羽目になった。

翔の中での「らぶらぶ」は仲良しと同義であったらしい。

これにはさすがに驚かされたが、駿と顔を見合わせた彩芽は、ホッと安堵の息を零してからニッコリと微笑み合った。

もう涙なんて引っ込んでしまっていて、いつものように親子三人仲睦まじく寄り添い合っている。

それをしばし微笑ましそうに眺めていた太一郎は、桑村に目配せをする。

「儂は帰るが、ゆっくりしていくといい。急に呼び立てた詫びもかねて、祝いの膳を頼んであるからのう」

そう言い置くと、至極満足そうに立派な顎髭をひと撫でして、豪胆な笑い声を響かせながら桑村を従え部屋を後にしたのだった。

＊＊＊

荘厳な佇まいの格式高い高級料亭の和風庭園は、ちょうど黄昏時を迎えつつあった。

祖父・太一郎が用意してくれていた祝いの宴も終焉を迎え、お腹いっぱい美味しい料理を堪能し、たった今駿の膝で寝入ってしまった、翔のあどけない寝顔を二人して眺めているところだ。

あの後、駿からの説明で事の経緯を聞かされた。

ちょうど一緒に住み始めた頃、祖父と話し合いの席を設けていたらしい。

その席で、彩芽との結婚のこと、そして経営難に追い込まれていた暁との業務提携を申し込んだらしい。

当初、祖父は難色を示したらしいが、幾度となく祖父の元へ通い詰めて根気よく説得を続けたという。

「そこまで言うなら、敵対する鳳凰堂からの妨害を阻止できたら、考えてやってもいい。あやつらは手段なんぞ選ばんから手強いぞ。彩芽にまで危害が及ぶやもしれん。それも含めてお手並み拝見するとしようかのう」

最後にはこうして了承の言葉をもらえたのだという。

結果として、あのスキャンダルさえ解決すればという条件付きではあるが、祖父からどちらも了承してもらうことができた。

後はあのスキャンダルだけだ。

「今、動いているところだから、心配ないよ」

駿曰く、もう既に解決に向けて動いてくれているらしいので、何の問題もないらしい。

彩芽は、ホッとした心持ちで、親子三人水入らずの楽しい時間を過ごすことができていた。

ふと縁側の雪見障子を見遣ると、立派なソメイヨシノが植えられている、綺麗に手入れのなされた庭園が目に入った。

もちろん桜だけでなく、四季折々の樹木や草花が晩秋に見合った彩りをなしている様が見て取れる。今は、楓の葉が燃え立つように鮮やかな色味を放ち、物悲しい晩秋に華やかさを演出してくれている。

この料亭には幼い頃、よく姉と一緒に太一郎に連れて来てもらった覚えがある。

そういえばいつだったか、この料亭に赴いた際に、姉と喧嘩になったことがあったっけ。

確かその折に、不貞腐れた彩芽は一人、庭園で時間を潰していた。

ちょうど桜の季節だっただろうか。

柔らかな日差しに照らされた、桜の花びらがはらり、はらりと舞い散る様は子ども心にも綺麗だと感じ、見惚れていたその時。

「この桜、ソメイヨシノって言うんだって。普通の桜よりも、どこか儚げで綺麗だよね」

不意に背後からそう話しかけられた彩芽が驚いて振り返ると、その先には、どこぞの王子様かと見紛うほどの、美少年――という言葉がしっくりとくる、咲良と同年代ほどの中学生と思しき少年の姿が待ち受けていた。

一瞬、見蕩(みと)れてしまった彩芽は、その場から動くことも声を発することさえ叶わずにいた――そんな今の今まで忘れていた遠い記憶が呼び起こされ、酷く懐かしさを覚えていたのだが……

「彩芽。俺たちここで一度会ってるんだよ。なんて言っても、覚えてないか。俺も彩芽とのことを両親に話して親父から聞かされるまで、まさか彩芽だったなんて気づきもしなかったしな」

寝入ってしまった翔を二つ並べた座布団の上に寝かせた駿から思いもよらない言葉が返ってきたことで、彩芽の意識は駿へと移ろいだ。

――え!? もしかして、あの時に会ったのが駿さんだってこと？ いやいや、まさかね。そんなできすぎた偶然あるわけないか。きっと思い違いに決まってる。

さっきの彩芽と同じように、雪見障子から見える、和風庭園にどこか懐かしそうに目を向ける駿を見遣(みや)りつつ、思わず舞い上がってしまいそうになる心を必死に抑え、浮上した思考を打ち消していた。

そこにやはり懐かしそうに遠くを見つめる素振りの、駿の甘やかな声音が響き渡る。

「ここって、ソメイヨシノの桜が植えられていることで有名なんだけど。ちょうど見頃を迎えててさ。儚い桜の花びらが舞っている中で、儚げな可愛い女の子がいてさ。その子、今にも泣き出しそうで。俺、たまたま持っていたうちのチョコレートをあげたんだけど。それが『こんなに美味しいチョコ食べたの初めて』ってすごく喜んでくれて、その時の笑顔がずっと忘れられずにいたんだ」

――え⁉　嘘。ちょっと待って。頭が追いつかないんですけど。

たった今思い出した、記憶とまったく同じことを口にした駿の言葉に、もはやパニック状態だ。

駿を凝視したまま微動だにできないでいる彩芽に対し、駿は未だ懐かしそうに、茜色の燃え立つような夕陽に染まる庭園の樹木を見遣(みや)りながら、再び口を開く。

「あれが彩芽だと知った時、思ったんだ。もしかして、あの時のチョコがきっかけでショコラティエールになろうと思ってくれたのかなって。それは、さすがにないか。でも遠回りしたけど、またこうして一緒にいられるのも、全部こうなる運命だったんじゃないか……なんて柄にもないこと思ったりしてさ」

そこまで言うと照れくさくなったのか、顔と耳とを微(かす)かに紅く色づけた駿が、彩芽の視線から逃がれるように雪見障子に目線を固定したまま、頭をポリポリと掻(か)くような素振りを見せている。

「ハハッ、笑っちゃうよな。いい年してこんなこと言うなんてさ……って、ええ？　何で泣いてんだよっ」

突然何の反応も示さなくなった彩芽の様子が気になったのか、自嘲するように笑いつつ、こちらにゆっくりと向き直るなり、ひどく狼狽した声を放ったことで、自分が泣いているのだと初めて気づかされた。

ポロポロと涙を零す彩芽の小さな身体を腕に囲い込んだ駿が、心配そうに顔を覗き込んでくる。

彩芽がパチパチと何度か瞬きすると、ぼやけた視界がクリアになってきた。そこには、出会った時と同じ王子様のような彼の、煌々しい相貌が待っていて、その姿が初めて会った際に見た美少年のものと重なり合い一つになる。

何だか夢でも見ているような心境だ。

けれど確かに見れば見るほど、あの少年の面影がそこかしこにあるように思う。

その時にも、年齢の割には大人びていて、キザなことを言うな、なんて子ども心に思ったのをハッキリと覚えている。

――本当に駿さんだったんだ。

そんなところで確信したなんて、駿が知ったら落ち込みそうだからと彩芽は自分の胸に秘めておくことにして、未だ心配そうな駿に向き直る。

少し涙も落ち着いたところで、あの時の駿との出会いがきっかけで、ショコラティエールを目指そうと思ったことを打ち明けた。

「本当に、駿さんだったんだ。夢みたい。あの、チョコです。あのチョコがすっごく美味しくて、こんなチョコ作ってみたいって、思ったんです。そうしたら、駿さんが言ったんです。チョコレート専門の菓子職人であるショコラティエが一つひとつ丹精込めて作ったんだから、美味しいのは当然だって。すっごく誇らしげに」

「覚えててくれてたんだ。俺も嬉しいよ。夢みたいだ。けど、そんな誇らしげだったかな。なんか恥ずかしいな」

「それだけチョコレートに愛情持ってたってことですよ。すっごく格好良かったです」

「さっきまで忘れてたくせに」

「それは、だってまさか、そんなことあるとは思いませんから。それに、あの時はＹＡＭＡＴＯのチョコとも言ってなくて、父親の知り合いだって言ってた気がするし。それがまさか駿さんだったなんてわかるわけないじゃないですか」

「あの頃はＹＡＭＡＴＯの名前出しただけで御曹司だ、坊ちゃんだって、言われることにうんざりしてたんだよ。ごめん。けど、またこうして会えて、一緒にいるなんて不思議だな」

「ほんとに不思議ですね」

少し照れくさくて可愛げのないことを言ってしまったけれど、どうしようもなく嬉しくて、初めて出会った時を思い出しつつ話している間中、何だかくすぐったくて仕方がなかった。

あの頃はまだショコラティエという言葉も知らなかったし、チョコレートは工場の機械で作られているものだと思っていた。

だから駿からチョコレート専門の菓子職人がいると聞かされた時、ひどく驚いたのを覚えている。

加えて料理好きの母の影響でお菓子作りが好きだったのもあり、いつしかチョコレートを作ってみたい。そう思うようになっていった。

「私がショコラティエールになろうと思ったきっかけは、駿さんとの出会いなんです。いつしか自分もとびきり美味しい、世界に一つだけのチョコを作ってみたいって思うようになったんです」

彩芽がすべてを伝え終えると、駿は心底嬉しそうに眩いばかりの王子様スマイルを満面に綻ばせる。

「それは光栄だな。俺もあの時、美味しそうに食べてくれた彩芽の笑顔が忘れられなくて、世界中の人を笑顔にできるようなチョコを世に送り出したい。その手助けをしたいって思うようになったんだ。今の俺があるのは彩芽のおかげだよ。って、やっぱ運命だな。俺らすごいな。最強だな」

「ふふっ、そうですね。すごく嬉しいです」

お互い思い出に浸りながら、この出会いが運命だったのだと歓喜し感慨に耽っていたはずが、いつしか二人を取り巻く空気には、チョコレートのような濃厚な甘さを孕んでいた。

そこに、駿からそれらに負けないぐらいの甘やかな声音で囁かれる。

「彩芽のことが、どうしてこんなにも愛おしいのかがよくわかった。この先何があったとしても、この命が尽きるまで彩芽と翔のことを絶対に離すつもりはないし、彩芽は一生俺だけのものだからね」

「はい。駿さんも私だけのものですよ」

「そんなの当然だろう」

「ふふっ、はい」

熱の籠もった甘い愛の言葉を囁く駿に即座に応えると、ぎゅうぎゅうに抱き竦められたその直後、二人は熱烈なキスを交わしていた。

それは、初めて交わしたキスとは比べものにならないくらい甘やかなもので――

あたかも解けない魔法のような甘く蕩けるような極上のキスに、身も心も蕩かされた彩芽は、幸福感に満たされ、いつまでも天国のような微睡みの中で酔いしれていた。

＊　＊　＊

彩芽の祖父からも祝福されたあの日から、早いもので一ヶ月以上の時間が経過した。

寒さ厳しい冬の季節。

行き交う人々が足早に通り過ぎていく、師走の気忙しい雰囲気の立ち込める街は、色とりどりに煌めく鮮やかなクリスマスのイルミネーションによって彩られている。

今日はクリスマス。

数日前から、彩芽の職場であるここボヌールでは、チョコレートはもちろん、旬のフルーツをふんだんに使ったケーキ作りに大忙しだ。

日持ちのするものに関しては既に準備されており仕上げをするだけなのだが、普段とは比較にならないほどの予約数をこなしている。

朝から次から次に途絶えることなく予約客が訪れるため、店頭も厨房もてんやわんやだ。

特に、限定のチョコレートの売れ行きがダントツだった。

そのうちの一つ、チェリーとピスタチオのガナッシュは、彩芽が考案したものなので、嬉しさもひとしおだ。

六角形の雪の結晶を象った、可愛らしい一口大のガナッシュは、色鮮やかなチェリーの濃いピンク色で彩られている。その上にラメのように鏤められた銀粉が上品な光沢を放っており、なんとも華やかだ。

一口頬張ると、上面のチョコに練り込まれたピューレ状の甘酸っぱいチェリーの風味が口いっぱいに広がる。

その甘酸っぱさの余韻が仄かに残っているところに、それらを追いかけるようにして、芳ばしいピスタチオの優しい甘みがほわりと咥内で弾けて絶妙なハーモニーを奏でる。

一粒で二度美味しい贅沢なチョコレートだ。

他にもダークチョコとラズベリーのガナッシュ、ラム酒が仄かに香るキャラメル風味のボンボンショコラに、数種のナッツを使った贅沢クランチショコラ。フランス語で岩を意味する名称どおり、アーモンドでゴツゴツとした表面に仕上げたチョコにイチゴのピューレを閉じ込めたロシェ。

どれもこれもボヌール自慢の五種類の美味しいチョコレートが詰まった、クリスマス限定セットは、若い女性を中心に大盛況のようだ。

そんなこんなでクリスマスイブとクリスマスの当日の二日間は、慌ただしく過ぎていった。

そうして迎えた最終日である本日、クリスマスの閉店間際のことだ。

「皆、お疲れさん。明日から連休の二日間で疲れを癒やしてまた水曜からよろしく頼む。その前に、実は冴木が年明けからフランスに武者修業に行くことになった。冴木からその挨拶があるそうだ」

店長の葛城から思いもよらなかった言葉が飛び出し、彩芽は驚きすぎてその場で凍りついたように固まってしまった。

これは後で知ったことだが、何でも彩芽が駿と一緒に暮らし始めた頃、冴木の腕を見込んだ葛城から、フランスの有名な洋菓子店で修業する気はないかと尋ねられていたらしく。

一時は迷ったらしいが、いずれは自身の店を持ちたいと思っていた冴木は、二つ返事で了承したらしい。

彩芽以外の者には仕事の段取りもあるので知らせていたらしいが、彩芽には自分から話すと言って他の者に口止めしていたのだという。

例のスキャンダルの一件以来、クリスマスの準備に追われていたのもあり、冴木とちゃんと話をできていなかった。そんなこともあり、冴木の自分に対する想いが姉の予想通り恋愛感情だったとしたら、自分のせいではと憂いていたのだが。

その日の終業後、いつぞやのようにロッカールームから出たところで冴木に呼び止められた。

「お前のせいじゃないから、うぬぼれんじゃねーよ。こんなビッグチャンス二度とないだろうしな。帰って来たら、お前なんて足元にも及ばない、立派なショコラティエになってるから楽しみにしてろよ。その時は、フランス人の綺麗な奥さん連れて帰って来るだろうしな」

少々複雑な心境でどう声をかけていいかもわからずにいた彩芽に向けて、いつもの調子で元気いっぱいにそう言うと、冴木はそのまま帰ろうとしていた。

「ありがとうございました。元気で頑張ってくださいね。楽しみにしてますから」

「じゃあな、元気でな」

その背中に向かってなんとか感謝と激励の言葉を返した彩芽に、冴木は振り返ることなく、両手をブンブン振って応え、今度こそ帰っていく。

彩芽は冴木とのこれまでを思い浮かべながら、夢に向かって歩み出した冴木の幸せを心から願いながら冴木の背中を見送った。

この日は、駿の家族との初対面を果たす予定があったので、彩芽は知らないうちに零していた涙を手早く拭うと意識をそちらへ切り替え、迎えに来てくれている駿の元へと向かったのだった。

両親の話は駿から幾度となく聞かされてはいたものの、初対面とあって、駿の実家である銀座の高層マンションに向かう車中、彩芽は緊張しっぱなしだった。

この日は完全なプライベートということで、翔を乗せるためにわざわざ購入したワゴンタイプの高級車を駿自らが運転してくれている。

翔は、後部座席に座っている彩芽の隣に設置されたチャイルドシートで、駿の両親に会えるとあって、お気に入りのミニカーを片手に大興奮だ。

そんな翔の隣で、彩芽は緊張のせいで浮かない顔をしてしまっていたのだが。

「彩芽。そんなに心配しなくても大丈夫だよ。親父なんて、俺らの馴れ初めを目撃してたせいで、『親子二代揃って、チョコのおかげで良縁に恵まれた』って言って、大はしゃぎなんだからさぁ」

スキャンダル騒動があったあの日、高級料亭で過去に初対面を果たしていたことを聞かされた際にも話してくれたように。

昔、駿の父親は何度か祖父とあの料亭で居合わせて挨拶をしたそうなのだが、その折に祖父の側にいた彩芽のことを認識してくれていたらしいのだ。

だがその当時から新しいものを取り入れて飛躍的な成長を遂げていた、競合相手であるYAMATOを快く思っていなかった祖父から孫への説明などなかったために、彩芽にはその認識などなかった。

なので、たまたま花見をかねて庭園に出ていたらしい駿が彩芽と一緒に楽しそうに話しているのを目にし、自身も愛妻――駿の母と同じような思い出があったことで、父親は邪魔にならないように一人だけで座敷に戻ったのだという。

そんな経緯もあって、駿の両親は彩芽との仲を大賛成してくれているというのだ。

けれども、会ってみないことには手放しでは喜べない。

ましてや、順序が違いすぎる。交際する前に子どもを授かってしまっているのだ。

そのあたりは彩芽の両親と同様、交際していたという体にしてはいるが、やはり罪悪感も手伝って彩芽は言いようのない不安を拭えないでいた。

そうこうしているうちに、大人の街のシンボルともいえるＹＡＭＡＴＯ本店の大きな時計塔を車窓から見上げてから数分後、到着した高層マンション。

その頃には彩芽の緊張もピークに達しており、それに感化されたのか、さっきまで大はしゃぎだった翔も妙に静かなものだから余計にそわそわして落ち着かない。

重い足取りではあったが、最上階のフロアへと降り立ち、出迎えてくれた駿の両親により、挨拶もそこそこに、たった今部屋へと招き入れてもらっているところだ。

「いやぁ、よく来てくれたね。彩芽さんも翔くんも。ささ、早く中へ」

「まぁ、本当。聞いていた通り可愛らしいお嬢さんだわぁ。それに、翔くん、駿の子どもの頃にそっくり。ううん、それ以上ね。可愛い王子様、プレゼント受け取ってもらえるかしら」

「ありがとごじゃます。わ〜い！」

超特大の大好きな熊のぬいぐるみをプレゼントしてもらった翔は、某アニメの子どもキャラのようなたどたどしいお礼の言葉を放った途端、少々余所行きで澄ましていたのが嘘だったかのように、お得意の現金さを発揮していつものはしゃぎようをお披露目している。

駿の父・隼は、王子様然とした顔立ちや甘やかな雰囲気が駿によく似ており、母の侑李もスラリとしてとても綺麗なご婦人だ。

何より二人とも優しそうで、駿の言葉同様、温かく迎え入れられたことで、ようやく彩芽の不安も緊張も薄れつつあった。

もちろん、隣で寄り添ってくれている駿の頼もしくさりげないサポートがあるからこそだ。

翔に至っては、初対面とは思えない順応ぶりを発揮し、煌々しい王子様スマイルを炸裂させ、祖父母を早くもメロメロにしてしまっている。

祖父母との初対面にはしゃぎ通しの翔の姿を隣に寄り添ってくれている駿と一緒に見守りつつ、時折見つめ合い、微笑み合っていた。

その後、都会の煌びやかな夜景を望むことのできる、お洒落で洗練されたインテリアのリビングへと通されたのだが。そこにいた見覚えのある女性との思いがけないご対面に、彩芽は驚きすぎて頭が真っ白になってしまう。

——ど、どうして、あの女性がここに？

「初めまして、駿の姉の窪塚鈴です。ふつつかな弟ですが、よろしくお願いしますね」

それは無理もないだろう。何せ駿に振られたと思ったあの日、空港で見たモデルかと見紛うほどに綺麗な女性が駿の姉だというのだから。

しばし二の句が継げないでいた彩芽の様子に駿は首を傾げつつも、紹介してくれたことで。

姉である鈴が内科医であること、鈴の隣にいる翔より少し年上だと思われる可愛らしい男の子・匠を挟んで出迎えてくれている、脳外科医であるご主人・圭の赴任先であるシンガポールで住んでいること、今回は正月休暇を利用して一時帰国中であることなどを知ることとなった。

ちなみについ最近第二子の妊娠が判明したらしく、その報告をかねて帰国したのだという。

どうやらあの時、隼が急病で倒れた際にも帰国していたようだ。幸いにも、発見が早かったのと、軽い脳梗塞で手術も必要なく、投薬だけで済んだらしい。

てっきり三年前に振られたとばかり思っていたのに——それが偶然再会し、その誤解も解け、スキャンダルなど色々あったが、ようやく互いの家族にも祝福してもらうことができた。

あのスキャンダルの件だが、後日、近頃SNS等で取り沙汰されていたフェイク写真同様、AIにより作成されたものだと判明して大きな話題となり、メディアでも大々的に取り上げられたことであの報道がフェイクであることが立証された。

そしてその出所も鳳凰堂であることが明るみになり、鳳凰堂は社会的制裁を受けているようだ。

そう、すべては解決している。

それでもどこかで燻っていたのだ。

駿のような王子様然とした素敵な男性には、地味でチビな自分よりも、あの時見かけたモデルのような綺麗な女性が似合っているんじゃないか、という気持ちが拭えないでいた。

まさかその女性が駿の姉だったなんて思いもしなかったけれど、だが確かに見れば見るほど二人はよく似ている。

――なんだ。そうだったんだ。

心底ホッとして、気づけば彩芽は涙を零してしまっていた。どうも駿と再会してからというもの、随分と涙もろくなってしまったらしい。

それを見た駿がギョッとしたように飛んできて、側にあったティッシュを手に優しく気遣ってくれる。

「彩芽、どうしたの？　姉貴に苛められたのかい？　口が悪いのは素だから気にしなくていいからね」

どうやら誤解させてしまったらしい。

「あっ、違うの。ちょっとびっくりしちゃって」

慌てた彩芽が駿の誤解を解こうと声を放つも、時既に遅しで無用な誤解を招き、駿に対して鈴から鋭い怒声が飛び交った。

「ちょっと、駿。口が悪いのが素って、どういう意味よ！」

そこへ、鈴の隣にいた鈴の夫である圭がすかさず。

「鈴。そんなにカッカしたらお腹の子にさわるだろう。ほら、機嫌直せって、な？」

そう爽やかに言ってくるなり、周囲には聞こえない潜めた声で鈴の耳元に口を寄せ何かを囁いているようだった。その途端、綺麗な顔を紅く色づけてしまった鈴が押し黙ったことで一件落着。

それからは美味しい手料理でもてなしてもらい、デザートには、彩芽が手土産に持参したボヌール特製のクリスマス限定ケーキのブッシュドノエルを切り分けたところ、大絶賛。あんなにも不安だったのが杞憂に終わり、終始和やかな雰囲気の中で楽しいひとときを過ごしたのだった。

その席では、駿との結婚に向けての話も出て、両家の顔合わせの日程についても話し合った。

何だか夢の中の出来事のようで、彩芽の心はふわふわとしてしまっているうちに、いつしかお開きの時間を迎えていた。

そうしてつい今しがた我が家へと帰り着き、初対面だった従兄と目一杯遊んでいたのもあって、はしゃぎ疲れてすっかり寝入ってしまっている翔を駿が子ども部屋のベッドに寝かせたところだ。

こうしてもうすぐ夫となる駿と二人で仲良く寄り添い合って、可愛い我が子の寝顔を眺めるのは、何度目になるだろうか。

もう数え切れないほど、駿と同じ時間を共有している。

これからもそれは変わらない。

これまでのように、これからもきっといろんなことがあるのだろう。

楽しいことばかりではないだろう。

でもきっと二人なら、何があっても乗り越えられる。そう言い切れる。

隣で蕩(とろ)けるような甘やかな眼差しで我が子を見つめている駿の身体に、彩芽はそうっと身を委(ゆだ)ね目を閉ざした。

「ん？　もしかして疲れちゃった？」

駿が疲れたせいだと思い、優しく気遣ってくれる。その甘やかな声音が、互いの身体を通してじわりと伝わってくる。

あんまり心地が良くて、彩芽はいつになく素直に胸の内を吐露してしまう。

「ううん。お互いの家族にも祝福してもらって、幸せだなって思って」

そんな彩芽の身体を駿が温かで逞しい胸へと抱き寄せ、甘やかな声音で囁きかけてくる。

「うん。俺も、今めちゃくちゃ幸せだよ。けど、こんなもんじゃないから。もっともっと幸せにするから、ずっとずっと側にいてほしい」

「はい、もちろんです。けど、私も……私も駿さんに負けないくらい、駿さんのこと幸せにしますから、覚悟していてくださいね。一生離しませんから」

彩芽は何の迷いもなく答えていた。これまでのように受け身ではなく、自分の意志もしっかりと織り交ぜて。

これまでは、あの日空港で見た女性の影がまだ心の中に残っていたのもあり、自分に自信が持てず不安になったりもしたけれど、これからは駿に好きになってもらえた自分に誇りを持ちたいと思ったからだ。

いつも受け身な彩芽の力強い口ぶりに、ほんの一瞬驚いたように瞠目（どうもく）した駿だったが、すぐに嬉々とした表情で素の言葉を返してくるなり——

「彩芽、可愛すぎ。けど俺だって、一生離すつもりないから。彩芽こそ覚悟しろよな」

彩芽の唇は駿のそれにより、もう抑えがきかないというように、荒々しく塞がれてしまう。

「――んんッ」

それらを皮切りに、彩芽と駿の周辺には二人を引き合わせた甘い甘いチョコレートのような、濃厚で甘やかな雰囲気が立ち込める。互いの想いを確かめ合うようにして、甘やかなキスを交わしていたのだった。

シンと静まりかえった部屋には、互いの熱い息遣いと、互いの唾液とが奏でるピチャピチャという水音で満たされていく。

夢中になって互いの熱を分け合うようにして口づけを交わしているうち、気持ちがどんどん昂ってゆく。

いつしか彩芽は駿によって窓際へと追い込まれていた。

都会の煌びやかな夜景が、微かに涙で潤み霞んだ視界の中でキラキラと揺らめいている。

やがてとろとろに蕩けきった彩芽の身体を窓に追い詰めた駿の大きな手のひらが、この日のために駿が選んでくれた、上品な淡いピンクのAラインワンピースの滑らかな布地の上から、なだらかな胸の膨らみを捉えた。その瞬間。

「あっ、はぁん……」

自身のものとは思えぬほどの甘やかな声音が重なり合った唇の間からまろび出る。

その刹那、彩芽はハッとする。

ちょうど正面に見えるベッドで気持ち良さげに寝入っている、翔のあどけない寝顔を視界の端に捉えたせいだ。

それにいち早く気づいた駿が耳元で甘やかな声音で囁いてくる。

「彩芽が集中できないようだし、場所移そうか？」

いつもの彩芽なら羞恥の方が勝っていただろう。

けれど、互いの家族にも祝福され、空港で見た女性も姉の鈴だと知って誤解が解けたことで、これまで胸の奥底で澱みのように沈殿していた不安が取り払われた。

そういう意味でも、今日という日が彩芽にとって特別なものとなったからだろうか。

蕩けるような甘やかな眼差しで見つめてくる駿の首に、彩芽は両腕を絡めてギュッとしがみつく。

「はい」

やけに素直に応えると、一瞬驚いたように目を瞠った駿がニパッと破顔し、ぎゅうぎゅうに抱きしめてくる。

「彩芽、可愛すぎだって。どうなっても知らないからな」

先ほど放ったものと同じく、普段は見かけ同様の王子様然とした優しい口ぶりの駿が、二人だけの甘やかなひとときでだけ垣間見せる、少々粗野な素の言葉を口にした。

彩芽の気持ちが一層昂ってゆく。

後から後から溢れくる駿への想いをどうにも抑えることができず大胆な言葉を放ってしまう。

「駿さんにならどうされたっていい。ううん。無茶苦茶にされたい」

息を呑むような素振りを見せた駿に、彩芽の華奢で小柄な身体は今一度強い力で掻き抱くように胸に抱き寄せられた。気づいた時にはひょいと横抱きにされて、さらうようにして部屋から連れ出されていて。

当然、寝室まで運ばれるのものと思いきや、バスルームへと連れ込まれてしまうのだった。

駿と一緒に暮らすようになって、幾度となく身体を重ねてきたが、風呂に一緒に入ったことは一度もない。

駿と翔が先に入浴し、彩芽は先に出てくる翔の世話を焼くのだから当然だ。

普通の夫婦であれば、子どもを授かる前、二人きりの新婚生活でそういうことも経験するものなのだろうが、彩芽たちはそうではないので余計に恥ずかしい。

だというのに、彩芽がいつになく積極的な態度を見せたせいか、駿はやけに張り切っている様子で彩芽の服に手をかけ、見る間に身ぐるみ剥がされたのである。

羞恥に苛まれた彩芽が小さな身をなおも縮こめているうち、駿は自身のネクタイを指で緩めて手早くシュルッと引き抜くと、着ているクラシカルなネイビーの三つ揃いのスーツも下着も見る間に脱ぎ捨てた。

仕事の合間を縫ってジムで鍛えていたという身体は、程良くついたしなやかな筋肉で覆われている。

厚い胸板にも色香があるが、割れた腹筋から腰に駆けてのラインがなんともセクシーだ。

何より、もう既に男性特有の猛々しい反応を示し、これでもかというように鼓舞しているので、目のやり場に困ってしまう。

彩芽は顔を両手で覆い隠し、小さくなることしかできないでいた。

羞恥に身を竦める彩芽のことを逞しい胸へと抱き寄せた駿が、艶を孕んだ声音で甘やかに囁きかけてくる。

「彩芽は可愛いなぁ。そういえば、俺が彩芽のどこを好きかまだ教えてなかったよね。今日は、俺がどんなに彩芽を好きかたっぷり教えてあげるから、覚悟して」

駿の言葉に、そういえば以前にそんなことを聞いたような気がする。彩芽が記憶を辿っていると、ふいに身体が浮遊する感覚を覚える。

その時にはシャワーブースに下ろされており、頭上からはシャワーの湯が降り注ぎ、彩芽の身体は駿により清められていた。それも、ただ清められているだけではない。

「小柄な彩芽が俺の腕の中で恥じらう姿が、可愛らしくてどうしようもないよ」

こんな言葉から始まり、これはいつまで続くのかと思うほど、彩芽のどこが好きであるかの説明を延々と続けられた。

それによると、控えめな胸も駿の手のひらに良い感じに収まって、あたかもあつらえたようなフィット感といい、滑らかな触り心地といい、どうにも堪らないのだという。

そんな恥ずかしすぎて、聞いているだけでどうにかなってしまいそうなことを臆面もなく、いつもの甘やかな声音で耳元に囁かれるのだ。

しかも、それを証明でもするかのように、優しくも官能的ないやらしい手つきで身体の至るところに触れながらなので、適わない。

けれども、言い尽くせないほどの賞賛の言葉を並べ立てる駿に、そんな風に思ってもらえているんだ――そう思うと、嬉しくもある。

駿の甘やかな声音での言葉攻めと、官能的な手での巧みな攻め立てにより、彩芽の身体からはみるみる力が抜けてゆく。

もう駿の支えなしでは立つことさえままならない。

彩芽は、いつしか湯船で背後から駿に包み込むようにして抱き込まれてしまっていた。

浴室暖房のおかげで寒くはないが、やはり湯船に浸かると、程良い湯の温かさが身に染み入るようで、ホッとする。

もちろん、湯船に浸かっているせいだけではない。

駿に抱きしめられていると、心底安心できて何より心地良い。ずっとずっとこうしていたいくらいだ。

そんな風にホッとするような猶予もなく、駿に力強くギュッと抱き込まれ、密着度が増す。

それだけでドキドキと胸の鼓動が尋常じゃない速度で全力疾走を始める。とそこへ鼓膜をくすぐるようにして、駿が甘やかな声音で囁きかけてくる。

「こうしてると、スベスベして心地が良い。ずっと触れていたくなる。もうこのまま閉じ込めて、独り占めしたいくらいだ」

独占欲を思わせる駿の言葉に、この上ない嬉しさが込み上げる。不思議と羞恥が薄れていくような気がした。

そんな彩芽の心情を知ってか知らずか、一瞬の隙を突くかのような絶妙なタイミングで、胸と秘所への愛撫を丁寧に施されてしまっては、彩芽に抗うことなどできるはずもない。

「あっ、やぁ、はぁん」

駿の腕の中でされるがままで、身を捩(よじ)り、艶のある声音を漏らし続けることしかできない。

臀部には、グリグリと存在感をこれでもかと主張している、屹立(きつりつ)があてがわれており、それが動くたび、秘所から溢(あふ)れ出る蜜のせいで、ヌルヌルとした艶かしい感触が伝わってくる。

それが自身が感じている証なのだと思うと、どうにも恥ずかしい。せっかく薄れかけていたはずの羞恥が再び呼び起こされてしまった。

そんな彩芽の元に、駿が思わず零(こぼ)したのかわざとなのか何なのか、呟(つぶや)きが落とされてしまう。

「すごいな。もうこんなに濡れてる」

「やっ、あぁん」

たちまち顔も身体も発火するほどカッと熱くなる。

それだけじゃない。

先ほどは昂りを臀部にわざと擦り立てていただけだったのが、溢れかえった愛蜜で滑って泥濘んだ秘裂の溝を行ったり来たりし始める。そのせいで、蜜口がクパクパと開閉する様がなんとも恥ずかしくてどうしようもない。

けれども、これまで彼により幾度となく絶頂へと導かれている身体は、その先の快楽を既に知っている。

一刻も早く、駿自身に満たしてほしい——そう身体が心に訴えかけてくるものだから余計だ。

もう限界を迎えつつあった彩芽が羞恥に抗い、もう待てないと告げようかと思っていたところに、駿から意外な台詞が放たれた。

「可愛い声で喘ぎながら羞恥に身悶えてよがる彩芽が可愛すぎて、これ以上はヤバい。あがるよ」

彩芽は、このままここで最後まで事に及ぶのだろうと思っていたため、唖然とし、何の反応も返せはしない。

微かに首を傾げキョトンとしたままだ。

いつもいつも彩芽の心情を先回りして、先手を打ってくる駿が気づかないわけがない。

「彩芽、ポカンとしてどうしたの。もしかして、このままここで俺に抱かれたかった？」

「あっ、え、いや」

その声に反応して、ハッと我に返るも、時既に遅し。

駿は、真っ赤になって狼狽え始めた彩芽の姿に視線を移し、嬉しそうな声音を零した。

「望み通りにしてあげたいのはやまやまだけど、しばらくは彩芽を独り占めしたいから、避妊はちゃんとしたいんだ。今更って思われるかもしれないけど、彩芽と一緒に、新婚気分をもっともっと味わいたいんだ」

こういう時、大抵意地悪を言って彩芽の反応を楽しむような、少々苛めっ子のようなところのある駿のことだから、きっとまたそうに違いないと思っていたので、拍子抜けだ。

同時に、嬉しくもある。

交際前に子どもを授かり、順番通りでないまま結婚することになった二人にとって、まだ正式な夫婦ではないが、今が新婚のようなものだ。

駿が言ってくれたように、彩芽もすれ違ってきた三年分を取り返すためにも、しばらくは家族としての時間だけでなく、二人だけの時間も大事にしたい。

もう二度と、すれ違ったりしないように——

彩芽は駿の首にぎゅっとしがみつき、心のままに言葉を紡ぎ出した。

「はい。私も駿さんと同じ気持ちです。すっごく嬉しい。もうずっとくっついて駿さんを独り占めしたいし、翔に嫉妬しちゃうぐらい駿さんのことが大好き」

瞬間、駿の身体がビクンと微かに反応し、同時に、密着した下腹部の辺りに熱い昂りが存在感を鼓舞するように、武者震いのような反応を知らしめる。

そんな反応までが愛おしく思えてくる。

そこに、切羽詰まった様子の駿から、思わず漏らしたであろう言葉と、少々粗野な素の言葉が鼓膜を打ち震わす。

「そんな可愛すぎること言われたら。あー、クソッ。覚悟しろよ」

その時には、ここに来る時同様、彩芽の身体を横抱きにした駿が歩みを進めドアを開け放ち、パウダールームに用意してあったバスローブで彩芽の身体を包み込む。そうしてスタスタと寝室に向け歩き出していたのだった。

＊　＊　＊

寝室のベッドに横たえられた彩芽は、バスルームで既に充分すぎるほどに解(ほぐ)されていた身体をさらに優しく丁寧に解(ほぐ)され、軽く絶頂まで昇り詰めた。

ベッドに身を投げ出した彩芽が絶頂の余韻を味わっている間に、汗でしっとりと濡れた髪を煩わしそうに掻(か)き上げてから、避妊具を施した駿が彩芽の身体に負担をかけまいとそうっとのしかかってくる。

その重みまでが心地良くて、彩芽はうっとりしてしまう。

だが次の瞬間、恍惚に酔いしれていた彩芽の足を持ち上げた駿が蜜口を最奥まで穿つようにして、ズクンッと腰を一気に押し進めてきた。

凄まじい快感に貫かれた彩芽は目を剥き、息も絶え絶えに高い嬌声と身体を跳ね上げ、快感を極めてしまう。

「ひゃっ、あぁん」

「彩芽、そんなに締め付けられたら、ヤバいだろう」

そんな有様だというのに、駿にそう言って咎められても、艶やかな声音で喘ぐことしかできない彩芽はどうすることもできない。

ただただ、駿の広い背中に両腕を伸ばしてしがみつくのがやっとだ。

そうしている間にも、切羽詰まった様子の駿は休むことなく律動を繰り返す。

駿が腰を引けば、夥しい蜜愛で満たされた媚壁が熱く滾った剛直で抉るように擦られ、そこから痺れるような甘やかな愉悦が広がってゆく。

駿が腰を激しく打ち付けるたびに、滾るように熱され硬度を増した鋭利な淫刀が、蜜洞の襞を掘削するかのような動きで、ガツガツと容赦なく最奥まで貫いてゆく。

始まってしまえば、恥ずかしいなどと思っているような余裕なんて霧散してしまう。

「はぁっ、やぁん。そこ……だめぇ……！」

ただただ駿に翻弄される狭間で荒い呼吸を繰り返しながら、声の限りに喘ぐことしかできない。

「――――ッ、はぁ。嫌じゃないだろ。もっと奥を突いてほしいんだろ。彩芽は、ここ好きだもんな」

こういう時、切羽詰まった様子を見せはするものの、駿は容赦がない。

これまで探り当ててきた弱いポイントに加えて、彩芽が喘ぐ様子から一番感じるところを見定め、じりじりとけれど的確に攻め立ててくる。

器用に彩芽と繋がり合ったままで、正常位だったものが横臥の体勢で背後からだったり、バックだったり、背面坐位だったり向かい合って膝の上に載せられたりと、様々な体勢へと移ろいながらこれでもかというように、執拗に奥の弱いところばかりに狙いを定めてくる。

これも経験値の違いだろうかと、過去の女性の影がチラついて嫉妬心が沸き起こってくるが、そんなことを憂いているような余裕も根こそぎ奪われてしまう。

広い寝室には、互いの乱れに乱れた息遣いと、繋がり合った結合部から、白く泡立った愛蜜がひっきりなしに飛び交う夥しい水音とで満たされている。

いつしか気づけば、元の正常位へと戻っていた。

もう何度目かわからない、絶頂まで達した身体をぐったりと投げ出し、彩芽が荒い呼吸を繰り返しつつ恍惚を味わっていると、切羽詰まった様子の駿が倒れ込んできて、彩芽の身体をぎゅうぎゅうに抱き込んできた。

同時に、膣内に受け入れたままの駿の昂りがドクンッと最大限に膨張する様が、滾るような熱と共に伝わってくる。

いよいよ終焉のようだ。

もう余裕なんて毛ほども残っていない様子の駿だが、それでも彩芽への愛の言葉は忘れない。

「彩芽、好きだ。愛してる」

「私も。駿さんが、好き。愛して、ます……」

もう愛おしくて愛おしくてどうしようもない。

しっかりと抱き合い、深いところで繋がり合ったままで、微睡（まどろ）みのような恍惚のさざ波の中を揺蕩（たゆた）いながら、互いの想いを確かめ合った。

三年の時を経て掴（つか）んだこの幸せが互いの命が尽きるその瞬間まで続きますようにと、心から願いながら――

＊　＊　＊

年が明けて、薄桃色の可憐な桜が咲き誇る、麗（うら）らかな春の季節を迎えた。

天候にも恵まれて、爽やかな青空が広がっている。

春を待ちわびていたかのように息吹き漲（みなぎ）る樹木の合間を縫って、温かな優しい風がそよそよと吹き抜けてゆく。

そんな春空の下、彩芽と駿は、神職に導かれ両家の親族らと共に、あたかも古（いにしえ）の絵巻に描かれているような参道を、一歩一歩しっかりと踏みしめながら明治神宮の神殿へと歩みを進めているところだ。

彩芽は、純白の正絹生地に鶴亀の刺繍が施された白無垢に綿帽子という装いに身を包んでいる。

駿は、黒の羽織に黒の縞柄の紋付き袴姿という凛々しい出で立ちだ。

その傍らには、主役である彩芽と駿よりも一際輝いている、駿と色違いのグレーと黒の紋付き袴という煌々（きらきら）しい出で立ちをした翔の姿もあった。

いつにも増して上機嫌で王子様スマイルを綻（ほころ）ばせている翔は、周囲の大人の視線を釘付けにしてしまっている。

「ママとパパばっかりズルイ！　かーくんもらぶらぶ（結婚）する！」

つい先ほどまでそう言ってグズっていたのが嘘だったかのような豹変ぶりだ。

それがどうしてこんなにもご機嫌になっているのかというと、翔に激甘な両家の祖父母と曾祖父とが翔のご機嫌を取ってくれたからだ。

翔は両家にとってすっかりアイドルのような存在となっていた。

つい先日、翔にとっては弟か妹となる、第二子の妊娠がわかったことで、嬉しい半面、一人天下状態の翔にどう影響していくのだろうかと、いささか不安でもあった。

まだ安定期ではないため、翔には抱っこをしてあげられないことを理解させるためにも、彩芽のお腹に赤ちゃんがいることは伝えてある。

以前から保育園でも、兄弟のいる友達を羨む素振りを見せていたのもあり、それはそれは大喜びだった。

だが実際に下の子が生まれると、これまで自分にだけ注がれてきた周囲の注目がその子に向いてしまう。それを翔が嫉妬してしまうのではという、懸念があったからだ。

けれど、優しい子に育ってくれているので、きっと喜んでくれるに違いない。

そんなことを思いつつ、彩芽は隣の駿と一緒に歩みを進めていたのだった。

そうこうしているうちに、神殿へ到着して、いよいよ神前式が執り行われようとしている。

彩芽は緊張の面持ちで斎主である神主へと意識を向けた。

斎主の挨拶が終わると、修祓の儀へと移ろいで、続いて献饌の儀、詞奏上に続いて、三々九度で、大中小の杯を交わし合った。

次いで誓詞奉読にて、新郎の駿により誓いの言葉が読み上げられる。

「今日の吉日に神の御前で結婚の礼を行います。今より後私等は生涯互に睦び親しみ貞操を守り相敬し相信じ一家をととのえ苦楽を共にして終生変らぬことを茲にお誓い致します。願わくば幾久しく御守護下さいますよう謹んで御願い申し上げます。令和○年四月吉日。夫、神宮寺駿」

「妻、彩芽」

読み終えた駿に倣い、しっかりとした口調で彩芽も自身の名前を口にした。

それからすぐに指輪交換が行われ、様々な儀式を経て、婚礼の儀を滞りなく無事に終えて、この日、駿と彩芽は晴れて正式な夫婦となった。

その後、退場し境内で行われる予定だった親族を交えての記念撮影をという段になって、曾祖父の太一郎に手を引かれていた翔が、彩芽と駿の元に駆け寄って来た。

「かーくんえらい、えらい。いっしょにらぶらぶするっ！」

急に寂しくなったのか、そう言って彩芽と駿の間に飛びつくようにして割り込んで来る。

きっと、式の間中おとなしくしていたのを褒めてほしいということなのだろう。

無理もない。まだ三歳になったばかりだ。

これは式の直前に咲良から聞いた話だが、着替えを終えて新郎新婦の登場を待っていた際に、翔は祖父母や咲良らと約束していたらしい。

「赤ちゃんが生まれたら、お兄ちゃんになるんだもんね。良い子にしてようね」

「うんっ！　かーくん、いいこにする！」

その時の翔は、えらく張り切っていたらしい。

幼いながらに、赤ちゃんが生まれたらしっかりしなければいけない――そんな想いが芽生えたのだろう。

そう思うと、知らず目頭が熱くなってくる。

少しずつ少しずつ、けれど確実に育っている翔の成長を嬉しく思うと同時に寂しくもある。

彩芽はそうっとまだ目立たない自身のお腹に手を添え、翔の小さな身体を抱き寄せた。

そんな彩芽のことを、駿は蕩けるように甘やかな眼差しで見つめながら、二人を腕にふわりと包み込んだ。

「彩芽と翔ばっかりズルイぞ。今日は特別な日なんだからな。親子三人でらぶらぶしないと」

少しばかり拗ねたような声音と一緒に、春の木漏れ日のような温かな駿の体温と想いとがじわりと伝わってくる。

さりげなく翔の意識を彩芽から自分に向けようとしてくれているのだろう。

いつもこうやってグズる翔の機嫌を取ってくれている。

すれ違いによって、三年もの間離れて暮らしていたなんて思えないほどに、駿はもうすっかり父親の顔になっている。

夫としても、父親としても、頼りがいがある。

そんな駿に、彩芽の心は今も惹きつけられてやまない。

それはおそらくこれから共に歩んでいく未来でもそうなのだろう。

この春、専務から副社長へと就任してからは、暁の経営者としても辣腕ぶりを大いに発揮しているらしく、今では太一郎の肝入りだ。

こんなにも幸せでいいのだろうかと思ってしまうほどの幸福感に満ちている。

「ほら、翔。ママに甘えてないで、パパのところにおいで」

彩芽の腕の中にいた翔が、駿の声にピクリと反応を示す。

そうしてガバッと顔を上げた翔が煌々しい王子様スマイルを炸裂させ、腰に両手を当てて、得意満面で元気な声を放つ。

「よにんだもん！　かーくん、あかちゃんともらぶらぶするの！」

これには彩芽と駿だけでなく、親族一同からも、どっと笑いが巻き起こった。

駿と再会した時分には、まだたどたどしかった翔の言葉も、随分と流暢になってきた。

子どもの成長は目まぐるしい。

これからも翔の成長を夫婦仲良く見守っていけたらと思う。

家族が増えようが、何年経とうが、いつまでもいつまでも変わることなく、共に未来を歩んでいきたい。

彩芽は密かにそんなことを願いながら、いつものように翔を肩車した駿と仲良く肩を寄せ合い、記念すべき今日という日の思い出を写真だけでなく心にも強く刻み込んだ。

永遠に解けない魔法にかかってしまった二人にとって、記念すべきこの日の思い出は、これから増えていく思い出たちと共に、いつまでも色褪せることはないだろう。

番外編　永遠に解けない魔法を君に

彩芽と初めて出会ったあの日の光景は、駿にとって大切な思い出として今も鮮明に心に刻み込まれている。

父に連れられてよく家族で訪れていた高級料亭『まつや』の風光明媚な和風庭園。

麗らかな春の風にゆらゆらと揺らめきながら、はらりと淡い桜の花びらが舞い散る中に、一人の儚げな少女の姿があった。

桜が見頃の時期とはいえ、料亭の縁側から眺められることもあり、他に周囲には人気などなかったせいか、なぜか妙に視線が惹きつけられたのだ。

こちらに背を向け、俯き気味にシュンと肩を落とし立ち尽くしているためその表情は窺えない。

だが、何か嫌なことでもあったのかと思うほどどんよりとした暗い雰囲気が漂っていたのは確かだ。

——もしかして、泣いているのか？

ソメイヨシノの白さの引き立つ淡い花びらの効果もあるのか、今にも消えてしまいそうな気がしたのを覚えている。

「この桜、ソメイヨシノって言うんだって。普通の桜よりも、どこか儚げで綺麗だよね」

そう感じたからこそ、見て見ぬ振りなどできなかったのだと思う。

もう既にその頃には、自身の立場や容姿のせいで女子から騒がれがちで、辟易していたのもあり、トラブルになるようなことは極力避けるようになっていた。

普段の駿なら、いくら気になっても素性の知らない女の子にいきなり声をかけたりはしないかったはずだ。

そういう意味でも、彩芽との出会いには特別な何かが働いていたに違いない。

中学三年になったばかりの思春期というのもあって、生まれながらに自分に課せられていたYAMATOの後継者としてのプレッシャーのようなものを抱きつつあった。

大人になればいずれ後継者になるだろうとは思っていたが、それでもまだ実感なんてものはなく、ただいつかはそうなるだろうと漠然と思っていたにすぎない。

だがそれも、四つ上の姉・鈴が医者を目指して医学部に進学したことにより、より現実的なものになってしまった。

まだ中学生だったというのもあり、両親も普段そんな話題を出すこともなかったが、周囲の目は確実に変わっていったように思う。

幼稚園から大学までエスカレーター式の名門と言われる進学校。そんな狭い世界の中でYAMATOの後継者というだけで、駿は何もしていないというのにすり寄ってくる者たちにうんざりして、女子に限らず他人とは極力距離を置くようになってもいた。

だというのに……小柄で可愛らしい外見のせいか、少女の泣きそうな表情が醸し出す今にも消えてしまいそうな儚げな雰囲気に、駿は声をかけずにはいられなかったのだ。

特に何かを感じたわけではないが、ただ泣かせたくない。そんな気持ちを抱いたのを今でもはっきりと覚えている。

「こんなに綺麗な桜を前に、そんな泣きそうな顔してたらもったいないよ。だから、このチョコ食べて元気出してよ。ね？」

女の子は甘い物が好きだし、もしかしたら機嫌を直してもらえるかもしれない。そう思ってたまたま持っていたＹＡＭＡＴＯのチョコレートをあげただけ。ただそれだけだった。

突然の知らない男の登場に驚いたのか、声をかけられた女の子は、つぶらな瞳を見開きこちらを凝視していた。

その表情は、あどけなくて、儚げでもあり、とても愛らしくもあった。

もっと彼女の色んな表情を引き出してみたい。そんな風に思ったのは初めてだった。

はじめはどうしたものかと躊躇っていた様子の彼女だったけれど、親切を無碍にはできないとでも思ったのだろうか。

恐る恐るといった風情ではあったが、遠慮気味に駿の差し出したチョコを受け取ってくれた。

「わぁ、すごい！」

包み紙を広げて姿を現した、宝石を模したキラキラと煌めくチョコを目にした途端。眩いぐらいの笑顔を浮かべて感嘆の声を上げる彼女はとても愛くるしくて、駿は不覚にも一瞬目を奪われてしまったほどだ。

「とっても綺麗で、食べるのがもったいないぐらいですね」

「そう言わず食べてみてよ。とっても美味しいから」

「はい。じゃあ遠慮なくいただきます」

「どうぞ」

「うわぁ、すごい！　こんなに美味しいチョコ食べたの初めて。とっても美味しいです！」

そう言ってあんまり美味しそうに、可愛らしい笑顔と歓喜に満ちた明るい声を弾ませてくれたものだから、自分が褒められたわけでもないのに誇らしかった。

それもあり、大人になった彩芽が言っていたように、少々気を良くしてしまっていたのかもしれない。

元々ＹＡＭＡＴＯのチョコレートに誇りを持っていたのもあったが、思春期というのもあって、素直に口にしたことなどなかった。

だというのに……彼女――彩芽には、不思議と得意げに語ってしまっていたようだ。

「そのチョコは父親の知り合いが作ったものなんだけど、原材料にも拘ってるし、何よりチョコレート専門の菓子職人である、ショコラティエが一つひとつ丹精込めて丁寧に作っているからね。

美味しいのは当然だよ」

「へぇ、一つひとつ手作りされたものなんだぁ。すご～い！」

「そうだよ、繊細なチョコレートを扱うための技術を身につけた職人の努力の賜物だからね」

自覚していなかっただけで、もしかしたらその時にはもう「恋の魔法」とやらにかかってしまっていたのかもしれない。

――いや、そうだったんだろう。

だからこそ、記憶の中の少女が大人になった彩芽だと知らずに、ショコラトリーで十数年ぶりの再会を果たした彩芽に一目惚れしたのだろうし、一夜を共にすることにもなったに違いない。

思いもよらない行き違いにより、三年もの間離れ離れになってしまってはいたけれど、今もこうして一緒にいられるのだ。

何より、この時の出会いがきっかけとなって、彼女の笑顔を引き出したＹＡＭＡＴＯの誇るチョコレートを世の中にもっともっと広めていきたいと思わせてもらえたのだ。

今の自分があるのは、あの時彩芽に出会えたからこそだと断言できる。

――やっぱり運命だったんだろうな。

そんな運命の相手である、彩芽と正式な夫婦になってからもうすぐ一年が経とうとしている。

結婚当初は、彩芽と愛息の翔と三人家族だったが、昨年末に愛娘の雪菜（ゆきな）も加わり、とても賑やかになった。

季節は、雪菜の初節句を終えたばかりの三月中旬。

厳しかった冬の寒さもすっかり和らいできて、近頃随分と春めいてきた。

こんなにも幸せでいいのだろうかと案じてしまうほど、駿は今、幸せに満ち溢れていた。

もうすぐ記念すべき初めての結婚記念日を迎えようとしている。どんなサプライズを計画しようかと、駿は頭を悩ませているところだ。

それもそのはず。彩芽に出会う以前の駿の周りには、中身ではなく外見や肩書きにすり寄ってくる女性ばかりだった。

それに加えて、付き合ってもいつも遊びだと勘違いされてばかりで交際は長続きした試しもなく、彼女と記念日を祝ったことなどなかったので、尚更だ。それも彩芽とこうなる運命だったからに違いない。

——初めての結婚記念日。子育てに励みながら、いつも側で支えてくれている彩芽のために、何をすれば喜んでもらえるだろうか……

何かをプレゼントしようにも、いつも自分のことは後回しで翔や雪菜のことが最優先ということもあり、彩芽の好みはまだ把握できていない。

かといって、彩芽に尋ねてしまえば、すぐに勘づかれてしまうだろうし。

——さて、どうしたものか。

駿の頭の中は記念日の計画でいっぱいだった。

仕事帰りに保育園に立ち寄った帰りの車中でも、保育園での出来事を身振り手振りで話してくれる翔の話に耳を傾け、いつしか思考に耽（ふけ）っていたらしい。

「パパ、かーくんのおはなしきいてる？」

そのせいで、近頃すっかり大人びてきた翔から不機嫌そうに指摘される羽目になった。

ハッとした駿が翔に目を向けると、隣に設置したチャイルドシートにちょこんと座り、ムッとして不服そうにこちらを見上げる彼の彩芽によく似たつぶらな瞳と視線が交差する。

――目がクリッとしたところなんか、彩芽によく似て可愛いなぁ。

そう思った途端、翔と子どもの頃に出会った彩芽の面影とが重なり、愛おしくてどうしようもない心待ちになってしまう。

「ああ、もちろん。聞いてるよ」

駿は思わず翔の小さな身体を引き寄せて、自身の頬をスリスリとすり寄せてしまっていた。

すると即座に、嫌そうな表情をした翔に顔を押しのけられてしまう。

「もう、パパ。くすぐったいよ〜！」

「ごめんごめん。翔があんまり可愛いからつい。でもちょっとぐらいいいだろう」

「かーくんは、かわいくないの。かっこいーの！」

「そうだったね。ごめん。翔は男の子だから格好良いもんな」

「うん、そうだよ！　かわいいのはママとユキナだもんね」

「ああ、そうだね」

翔のそっけない態度に駿は内心シュンとしつつも、それでもめげずに話を続ける。するとまたもや、近頃「可愛い」と言われるのをやたらと気にするようになった翔に手厳しく指摘されてしまい、言い直すという、ここ最近のお決まりのやり取りを繰り広げていた。

どんなに仕事で疲れていても、こうして翔と話していると疲れなんて吹き飛んでしまう。

一緒に過ごす日々の中で、少しずつ少しずつ、けれど確実に成長している翔の変化に嬉しいと思う半面、寂しいとも思う。翔がこの世に生を受けてからの約二年半を知らないから、余計にそう思うのだろう。

――肩車してほしいなんて、可愛いお強請りをしてくれるのも今のうちだけなんだろうな。

だから、離れていた分も含めてこうして翔と一緒に過ごせる時間を大事にしたい。もちろん、彩芽や雪菜との時間もそうだ。

そんな想いもあって、仕事の合間を縫って、家族との時間をできるだけ確保するようにしている。

そうはいっても、育休中で育児に専念する彩芽の負担を考えると、微々たるものだろう。

なのに……彩芽は、夫である駿に負担をかけまいと、何かと気遣ってくれている。

彩芽の職場は家族経営ということもあって、最小限の人員で回している。加えて、彩芽の先輩である冴木がフランスで修業中のため人手不足なこともあり、彩芽は雪菜が生後半年になる六月には復帰する予定だ。

――冴木が不在なのは、俺としては安心なのだが……

それまでまだ二ヶ月以上あるが、子育てに奔走していると、日常はめまぐるしくあっという間に過ぎてしまうだろう。

だからこそ、余計にこの結婚記念日は特別なものにしたいと思うのだ。

そんなことを思案しているうちに、月日は流れ、あと一週間もすれば結婚記念日という時期になっていた。

＊　＊　＊

いつものように授乳を終えた彩芽が雪菜をリビングダイニングのベビーラックに寝かせて、三人で夕食をとっていた時のこと。

数日前に、咲良からお泊まりの誘いを受けたと翔からの思いがけない事後報告を受けることとなった。

「かーくんね、こんどのどようびに、ユキナといっしょに、サクラちゃんのおうちにおとまりにいくんだ！」

控えめで自分のことなど二の次の彩芽とは正反対で、自由奔放で気ままな性格ではあるが、妹が可愛いあまり少々お節介になる咲良のことだ。おそらく初めての結婚記念日だからと気を利かせてくれているのだろう。

——いいとこあるじゃないか。だったらお言葉に甘えて、プランを練らなきゃな。

「そ、そうなんだ。けど、雪菜はまだお泊まりしたことないし、大丈夫なのかな」

売れっ子モデルとして活躍している伯母の咲良とはなかなか会う機会がないせいか、大喜びで話す翔の明るい声に対して、彩芽はやけに心配そうにしている。どことなく表情も暗い気がするのは気のせいだろうか。

「だいじょぶだいじょぶ。サクラちゃんがね、かーくんの時にミルクあげてたんだからへーきへーきっていってたもん！」

確かに翔はこれまでにも何度かお泊まりしているが、雪菜は一度もない。

けれど、翔の言うように咲良は翔の世話で慣れているだろうし、近頃は授乳の間隔も定まってきたし、ミルクだって飲むから大丈夫なはずだ。

数週間前、翔が熱を出してしまった時にも、雪菜の授乳だって駿が哺乳瓶片手になんとか一人でこなしたのだから。

——なのに渋るってことは、俺と二人きりになるのが嫌ってことなのか？

もしくは、二人きりになるのが久々すぎて照れているとか。

はたまた産後のホルモンバランスの影響で、雪菜や翔と離れてしまうのが寂しいのだろうか。

二児の母親だなんて信じられないくらい初心(うぶ)で可愛い彩芽のことだ。きっと照れているからに違いない。確信した途端、無性に嬉しい心持ちになってくる。

——あ〜、もう、出会った頃と変わらず、彩芽は可愛いなぁ。

昼間、仕事に行っている間に仕込んでくれていたのだという彩芽手作りの美味しいポトフと今の幸せをじっくりと堪能しながら、駿が人知れず彩芽の可愛さに身悶えていると、彩芽の思いの外沈んだ声が意識に割り込んできた。

「でも、お姉ちゃんも忙しいだろうし……」

相変わらず暗い表情のままだ。気乗りしない彩芽の様子が気にかかりながらも、駿は咲良からの心遣いを最大限に活用するべく、翔に援護射撃を繰り出す。

「忙しいからこそ、たまには翔と一緒に過ごして息抜きしたいんじゃないのかなぁ。俺も、可愛くてどうしようもない翔や雪菜の顔見ると疲れなんて吹っ飛ぶしさ。彩芽だってたまには息抜きしないとね」

「そーだよ、そーだよ！　ユキナはかーくんにまかせて、ママはいきぬきいきぬき！」

翔がノリノリで加勢してくれたおかげで、渋っていた彩芽もようやく折れて、なんとか咲良の気遣いを最大限に活かすチャンスを手にすることに成功したのだった。

そうして、初めての結婚記念日当日——

翔と雪菜は、つい今しがた、えらく張り切った様子の咲良が恋人と一緒に迎えに来てくれたところだ。

咲良の恋人のルイは職業柄見た目もクールで無口だが、年の離れた兄妹がいることもあって意外にも子ども好きなのだという。以前から翔のことを可愛がってくれていたようで、子どもの扱いにも慣れているようだった。

朝一の授乳後、うとうとするのを邪魔されてグズりモードに突入しかけていた雪菜だったが、ルイに抱かれても泣き出すこともなく、すっかり機嫌も直り大きなあくびをしていたほどだ。

その様子を目の当たりにし、雪菜のお泊まりに難色を示していた彩芽もホッと安堵していたようで、ようやく胸を撫で下ろすことができたのだった。

この日はどこか洒落(しゃれ)た店でも予約しようかと考えていたが、結局家でゆっくり過ごしたいという彩芽の希望により、今夜はケータリングを頼んであった。

もちろん彩芽へプレゼントも用意してあるし、彩芽が美容室に行っている間に家事も済ませていたので準備は万端。あとは彩芽の帰りを待つばかりとなっている。

駿の心はそわそわとにわかに浮き足立っていた。

再会して誤解が解(と)け、結婚してからもいつも翔が一緒だったので、二人きりで過ごすのは数えるほどだ。駿の心が躍るのも当然だろう。

翔が邪魔なわけでは断じてない。今日が二人にとって初めての結婚記念日だからこそだ。

——こんな気持ちはいつぶりだろう。思春期以来かもしれない。いや、こんなにもドキドキそわそわするのは人生で初めてだ。

彩芽の喜ぶ顔を思い浮かべただけで、たちまち胸があたたかくなってくる。

陽気な春同様に浮かれに浮かれていた駿は、今か今かと愛する彩芽の帰りを待っていた。

……そのはずが、昨夜は翔がなかなか寝付かず、駿と彩芽の間に翔を挟んで寝かしつけていたせいか、心地良い春の陽気も相まって、眠気に負けた駿は、リビングのソファでいつしかうつらうつら転寝(うたたね)してしまっていたらしい。

人の気配と窓から差し込む夕陽でようやく目を覚ますと、隣に腰掛けた彩芽が駿の身体にこてんと寄りかかって気持ち良さげに寝入っている寝顔が視界に飛び込んでくる。

その寝顔があまりに無防備で愛くるしくて、駿は無性に抱き寄せたい衝動に駆られてしまう。

だが起こしてしまうのは気が引ける。欲に駆られてしまいそうになるのをグッと堪(こら)えて、彩芽の柔らかな髪を優しく撫でるだけに留めた。

眠っている彩芽がくすぐったそうに小さな身体を竦(すく)ませる。その丸くなった猫のような仕草が、とてつもなく愛らしい。

——あ〜もう、本当に可愛くてどうしようもない。いつまでも見つめていられそうだ。

なんて思っていながら、実際には見ているだけで満足なんてできるわけがないのは、これまでの経験上、駿自身よく理解している。

愛くるしい彼女に触れたら最後、見かけに違わぬ可愛らしく初心(うぶ)な反応を見せてくれる彼女の前では、駿の理性など容易(たやす)く吹き飛んでしまうのだ。

今もこうして、右半身にくたりと身を委ねるように寄りかかられているだけで、必死に抑えようとしている欲がいたずらに刺激され、ムクムクと鎌首をもたげようとしている。

耳元には、悪魔が囁きかけてくる始末だ。

自分の妻なんだから、寝ていたってかまうもんか。我慢なんてせずに、今すぐ押し倒してしまえ――

そんなタイミングで、身勝手な感情を必死になって抑え込もうとしている駿の葛藤など露も知らないであろう彩芽が微かに身動ぎする。

「……あれ？　わぁ！　ごめんなさいっ！　寝ちゃってたみたい――」

春の陽だまりのように心地の良い彩芽のぬくもりをまだまだ感じていたくて、駿は完全に目を覚まし起き上がろうとする彩芽の小さな身体を囲い込むようにして胸に抱き寄せ、耳元に甘やかな囁きを落とす。

「翔と雪菜がいない間、彩芽は俺だけのものだよ。だから離してあげない」

途端に彩芽は恥ずかしくなったのか、腕の中でもじもじと身動ぎしながらそれでも駿が欲しい言葉を返してくれる。

「駿さんも、今は私だけのものですよ」

もうそれだけで、胸の中は幸福感で満たされて今にも溢れてしまいそうだ。駿はどうにも堪らない心持ちになってくる。

そういう思いでいる半面、好きな女の子をいじめることで自身への関心を引こうとする、小学生男子のような幼稚な感情もふつふつと湧き上がってくる。

彩芽が愛おしくてどうしようもないおかげで、気持ちのコントロールが上手くできないせいだ。

思えば、ショコラトリーで彩芽と出会った際にもそうだったように思う。

普段の駿なら、初対面の女の子に対して口にガナッシュを放り込むような軽薄なことは絶対にしない。

あれはきっと相手が彩芽だったからこそ、どうにかして彩芽の心に自分の記憶を焼き付けたいと思ったからに違いない。

そういう意味でも、駿にとって彩芽は特別だったのだ。

今こうして一緒にいられるのが何よりの証拠だろうし、誰にも見せたことがなかった素の自分を曝(さら)け出せるのも――彩芽だからこそ。

そのせいか、彼女がどこまで応えてくれるのだろうかと確かめたくなって、少々意地の悪い言葉になってしまうのだが、その分とびきり優しくするから大目に見てもらいたい。

「だったら、今すぐここで彩芽のこと押し倒して食べちゃってもいいよね？」

そんな身勝手な感情の赴くままに放った意地悪な言葉にも、彩芽は恥ずかしさのあまり顔どころか耳まで真っ赤にしながらも、決まって最後には素直にコクンと頷(うなず)いてくれる。

初めて一夜を共にしたあの夜と何一つ変わらない、素直な彩芽の可愛さに鼓動が速まり、胸がグッと熱くなる。

　彩芽の示してくれる反応の一つひとつにいちいち歓喜し、駿の身も心もどんどん昂ってゆく。

「だったら遠慮なく彩芽のことを思う存分食べ尽くしてあげるね」

　そんな風に余裕ぶっていられるのも、始めのうちだけだ。

　二人の子どもを出産したとは思えないほど頼りなく華奢な彩芽の身体をソファにそうっと横たえ熱い視線で見下ろせば、羞恥のせいで所在なさげに身を竦め上目遣いにこちらの様子を窺ってくる、彩芽のつぶらな瞳とかち合う。

　どうにも愛おしくて、何があろうと守ってあげたいと思うと同時に、無茶苦茶にしたいという身勝手な欲求が頭をもたげそうになる。

　それらを必死になって抑え込み、彩芽の身体を覆い尽くすようにして身体を屈め、柔らかな唇にそうっと自身のそれを重ね合わせる。

　もう数え切れないほどキスを交わしているのに、毎回決まって身体を微かにびくつかせる、彩芽の初々しい反応がなんとも愛おしい。

　正式な夫婦となって一年が経つというのに、こうして彩芽と触れ合うたびに、彩芽への愛おしさは増すばかりだ。

　きっとこれからもそうなのだろう。

　駿がそうであるように、彩芽にも同じ気持ちであってほしいと心から思う。

そんな気持ちで彩芽の唇のぬくもりと柔らかな感触を味わい尽くすようにして、チュッチュッと幾度も啄（ついば）み続ける。

いつしか彩芽の緊張も解（と）け、緩んだ唇のあわいからするりと舌を挿し入れ、歯列をなぞり口蓋をやわやわとくすぐってから、彩芽の舌をねっとりと絡め取る。

一瞬、ビクンと微（かす）かに慄（おのの）いたような反応を示す彩芽の背中から後頭部にかけて優しく撫でさすると、安心しきったように駿の胸にしなだれかかってくる。そんな些細な反応までが駿の胸を高鳴らせ、熱く滾（たぎ）らせる。

気がつけば駿は彩芽ともつれ合うようにして互いの身体を絡め合っていた。

その頃には彩芽の身体からはくたりと力が抜けきっていて、キスに感じ入った彩芽の頬はほんのりと桜色に上気し、目元には微（かす）かに涙が滲（にじ）みはじめる。そのなんとも艶めかしい様に、駿の欲情はものの見事に煽られてしまう。

「はぁ、はぁ……あっ、んんぅ……ふぅ」

隙なく重なり合った唇の間からは、互いの熱い吐息と、彩芽が漏らす悩ましくも艶めかしい喘（あえ）ぎとがひっきりなしに飛び交っている。

そのすべてが駿から理性を奪い去り、代わりに劣情を高め、彩芽の何もかもを独占したいという欲求に支配されていく。

「彩芽、ソファだと身体が痛いだろうから場所移すね」

――さっきは、ここで今すぐなんて言ってしまったが、何より彩芽の身体を気遣うのが先決だ。だというのに……彩芽からは思ってもみなかったお強請(ねだ)りを返される。

「やだ。待てない。今すぐ駿さんが欲しい」

一瞬、駿の身体から動きどころか、思考までもが完全に停止してしまう。

時折こんな風に、普段の彩芽からは考えも及ばないような大胆発言を繰り出してくるものだから、驚かされる。

愛してやまない相手にそんな風に求めてもらえてこの上なく嬉しいと思う一方で、我を忘れて欲望のままに突っ走ってしまわないだろうかという懸念もある。駿はそのことを何より恐れていた。

――ああ、くそっ。そんな可愛すぎること言われたら、理性が吹っ飛ぶだろ！

心の中ではもう一人の自分が荒ぶってはいるが、それを何とか無理矢理抑え込む。

――ダメだダメだ。落ち着け。

心の中で呪文のように唱えてから、可愛くてどうしようもない彩芽に向き直る。

「わかったよ。俺ももう限界だしね。けど、痛かったらすぐに言うんだよ。いい？」

「嬉しい。何だか夢みたい……」

「ん？」

最後のお伺いを立てる駿に、彩芽から少しずれた返答が返されて、思わず聞き返してしまった。

そこに――

「初恋の相手である駿さんに、こんなにも大事にしてもらって。幸せすぎて、夢でも見ているみたいだなって思ってたら、口にしちゃってたみたいです。ふふっ、恥ずかしい」

またもや返された彩芽からの可愛すぎる台詞にズキュンと胸を打ち抜かれて、駿は悶絶させられてしまう。

——これはもう、彩芽のことを抱き潰してしまったとしても仕方ないよな。

わずかに踏みとどまっていた理性が足元からガラガラと崩れ去っていくような、そんな錯覚に陥ってしまいそうだ。だが暴走しそうになる己を頭の中で完膚なきまでに張り倒してから、もうお馴染みとなりつつある素の言葉を繰り出した。

「彩芽、可愛すぎ。もう、どうなっても知らないから」

そうして彩芽がこれ以上何かを口にする前に先手を打つためにも、彩芽の唇を少々乱暴に奪い去る。

「んぁ、ふぅ……んんッ——」

しばらくの間、彩芽の口腔を蹂躙して己の昂った感情を鎮めてから、彩芽のワンピースのファスナーへと手を伸ばした。

彩芽のなだらかな両肩を撫でるようにして、ゆっくり焦らすようにブラの肩紐もろとも生地を腰元まで引き落とす。途端に、透き通るように滑らかな白い肌が姿を現す。

それを捉えた駿は、思わずゴクリと喉を鳴らしていた。

肩までの少し癖のある柔らかな髪を掻き分け、ほっそりとしたうなじにそうっと熱い唇と舌を這わせる。それだけで、彩芽の身体がほんのりと色づき慄く様に欲情を刺激される。

下半身にカアッと滾るような熱が集中して、存在感を鼓舞でもするかのように、膨れ上がった欲望の化身となった昂りがスラックスの生地を押し上げる。もう痛いぐらいに張りつめているそれは今にも爆ぜてしまいそうだ。劣情を最大限に煽られた駿には、もう余裕なんてものはまったくなかった。

それでも、彩芽の身体への負担を少しでも取り除いてあげたいと思うし、気持ち良くしてあげたいとも思うのだ。

正確には、自身のこの手で余裕を根こそぎ奪って、甘やかな快楽に溺れさせて、自分のことしか考えられないようにしてしまいたい。

——もしも魔法が使えるならば、彩芽に永遠に解けない魔法をかけてしまいたいぐらいだ。

ファンタジーじゃあるまいし、そんな都合の良い能力なんて持ち合わせていないので、これまでに知り得た彩芽の弱いポイントを優しく緩やかに、けれど確実に攻め立てる。

彩芽の柔らかな唇の感触を味わいながら、うなじから背中へとゆっくりと手を這わせ、しっとりと吸いつくような柔肌をあますことなく堪能する。

それだけで彼女は身体を微かに打ち震わせ、悩ましい吐息を漏らす表情は艶を増し、うっとりとし始める。

それに伴い駿の感情もまたどんどん昂って、どうにも堪らない心地になってくる。

彩芽の唇を解放し、顎から首筋、鎖骨から窪みを辿って胸の膨らみ目指して、いくつもの所有印を刻むかのようにして、熱くざらつく舌と唇とでじっくり丁寧に味わい尽くす。

やがて辿り着いた胸の膨らみの中央へとしゃぶりついていた。たちまち彩芽の身体が腕の中でのたうつように仰け反り、艶を孕んだ甘やかな嬌声を零す。

「あっ、ひゃぁんッ……！」

その艶めいた甘い声を耳にしただけで、駿の下半身はただでさえ痛いぐらい反応を示している。熱が集中して硬度を増してゆくその様は、まるで別の生物のようだ。

気づいた時には、ソファに腰を下ろした駿は膝の上に彩芽を抱き上げ、向かい合う体勢で抱き合い、欲望に突き動かされるままに蜜口に切っ先を沈め、彩芽と深く深く繋がり合っていた。

いつもは見下ろすことが当たり前な彩芽を見上げる格好となっているせいか、やけに新鮮で、いつにも増して女性らしく艶めいて見える。

何より、愛らしくてどうしようもない彩芽の恍惚の表情をしっかりと捉えることができる。

それに慎ましやかな彩芽同様、小ぶりながらに形の良い胸の膨らみがちょうどいい位置にある。あたかも早く吸い付いてくださいとばかりに、ふるんふるんと悩ましく揺らめいているのが、なんともいじらしい。

駿はその魅力に引き寄せられるようにして胸の膨らみに顔を埋めて左右に振りたくり、ツンと主張する両の突起に狙いを定め、舌先でコリコリと転がしたり、唇で挟んだり甘噛みしたりと、一心不乱に絶えず嬲(なぶ)り立てた。

「あっ……だめぇ。そんなに、しちゃ、や、ひあぁんッ……！」

たちまち甘やかな嬌声を零(こぼ)した彩芽が駿の頭を抱え込み、ギュッと縋(すが)りつくように懸命にしがみついてくる。

そうして堪(たま)らないというように身悶(みもだ)えるように身を捩(よじ)り、背中を弓なりに仰(の)け反(ぞ)らせビクビクンッと小刻みに身を打ち震わす。

その都度彩芽の腰が悩ましくゆらゆらと揺らめき、蜜液で満ちた膣内に受け入れた剛直を蠕動(ぜんどう)する媚肉がぎゅうぎゅうに締め上げ、愉悦が深く交わり合った結合部から腰を伝い、さざ波のようにじわじわと押し寄せる。

やがて津波のような強烈な愉悦の波に呑まれて、そのままあやうく吐精しそうになるも、駿はギリと奥歯を噛みしめ、低い唸(うな)り声を放って堪(こら)えた。

普段の可愛らしい姿からは想像もつかないような、雌(めす)と化した彩芽の艶めかしい痴態(ちたい)に、視覚をも刺激され、欲望が最大限に掻(か)き立てられる。

本能の赴くままに無茶苦茶に腰を振り立てて、彩芽の身体が壊れてしまうまで犯してしまいたい衝動がふつふつと込み上げる。

理性を完全に奪い去られてしまった駿は、興奮しきっていた。それでも身勝手な欲望をなんとか抑え込もうと、駿は彩芽の身体をぎゅうぎゅうに掻き抱くように強い力で抱き竦めた。

「く、苦しいぃ……！」

骨が軋むほどの強さで抱きしめられた彩芽にしてみれば、迷惑極まりないことだっただろう。彩芽の苦しげな声で我を取り戻した駿はハッとし慌てて力を緩めた。

「彩芽、ごめん。大丈夫？」

「はい。もう平気です。駿さんが我をなくすくらい気持ち良くなってくれて、すっごく嬉しい」

彩芽から返された可愛いすぎる言葉に、たちまち駿の身も心もキュンとなる。

同時に彩芽の中の駿の分身までもがこれ以上にないというほどドクンと拍動し、雄々しい反応を示す。

「あっ、やぁんッ！　駿さん、すごい」

すぐに気づいたらしい彩芽が甘い声で喘いだ直後に、嬉しそうな声を放つ。

「こら。そんなこと言われたら、ヤバいだろう」

「だって、雪菜が生まれてからも、私のことを変わらず好きでいてくれてるのが嬉しくて……」

「だから、そういう可愛すぎること言われたら、めちゃくちゃにしたくなるんだって」

「駿さんにならどうされたっていい」

「だから、そういう可愛いこと言ったらダメだって言ってるのに」

駿にはもう余裕なんて微塵も残ってはいないし、口からは彩芽を咎めるような言葉しか出てこないが、心はこれ以上にないというほどの歓喜に満ち溢れている。

こうして今も、初めて過ごしたあの夜と変わらず、恥じらいながらも真っ直ぐに想いを伝えてくれる彩芽のことが愛おしくてどうしようもない――

こんなにも愛おしい彩芽とこうして夫婦となって初めての結婚記念日を迎えられたことと、身も心も深く繋がり合える幸せを噛みしめつつ、駿と彩芽は互いの身体が昇り詰めるその瞬間まで、愛を確かめ合った。

＊　＊　＊

幾度となく絶頂へと昇り詰め、身も心も蕩け合った二人が身も心も落ち着く頃には、黄昏時は過ぎ去って夜も深まっていた。

少しの間、意識を手放してしまっていた彩芽が目を覚ました際、駿は彩芽のために用意していたプレゼントを渡した。四つ葉のクローバーを模したダイヤモンドのチャームが揺らめくネックレス。彩芽は驚きながらも喜んでくれてサプライズは大成功を収めた。

その後は一緒にシャワーを浴びて、遅めの夕食をゆっくり堪能した。彩芽に無理をさせてしまったお詫びも兼ねて、片付けを引き受けた駿がキッチンに向かおうとしたのだが……

「駿さんはいつもやってくれてるんですから、今日くらい私にさせてください。片付けって言っても食洗機に入れるだけだし、食後のコーヒーくらい淹れさせてくださいよ。お願いします」

やけに張り切った様子の彩芽から可愛い上目遣いでそんな風に言われてしまって、胸をズギュンッと撃ち抜かれた駿は太刀打ちできず、早々に引き下がるしかなかった。

駿は彩芽に促されるままにリビングのソファで待機させられることとなった。

「待て」を言いつけられた犬にでもなったような心地だったが、彩芽が望むのならとおとなしく言いつけを守っていた。

けれど時間が経過するにつれ、彩芽と二人きりという貴重なひとときを思う存分満喫したいという思いが勝ってしまう。駿はいてもたってもいられなくなり、芳ばしいコーヒーの香りに誘われるようにして、彩芽のいるキッチンへと舞い戻った。

「ねぇ、彩芽。まだかかりそう？」

すると慌てた様子の彩芽がアイランドキッチンの作業スペースを背中で庇うようにして隠す様が見て取れた。気になった駿が彩芽の背後を覗き込むと、ハートを象ったチョコレートケーキが姿を現した。

ケーキの上には、おそらく彩芽の手作りなのだろうハートを模した、可愛らしいピンクと白のプレート状のチョコレートが載せられている。

ピンクには彩芽のイニシャルと思われる『A』が、白には駿のイニシャルであろう『S』が描かれている。

「あー、もう、驚かそうと思ったのに。ダメじゃないですかぁ。あっ、ちょっと駿さん」

サプライズに失敗した彩芽が拗ねた声で抗議してきたが、今の駿には何を言っても届きはしない。彩芽の言動に最大限に感情を揺さぶられた駿は、彩芽のことをすっぽりと包み込むようにして腕に閉じ込めていた。

昨夜もあまり眠れてはいなかっただろうに、それなのに彩芽が自分のためにわざわざ作ってくれていたんだと思うと、嬉しくてどうしようもなかったのだ。

「彩芽、ありがとう。こんな嬉しいサプライズは生まれて初めてだよ。本当にありがとう。愛してるよ」

——ヤバい！　気を抜いたら泣いてしまいそうだ。

彩芽と結婚してから、互いの誕生日も祝い合ったし、バレンタインには彩芽の手作りのチョコレートをプレゼントしてもらったりもした。

けれどいつも翔が最優先で、二人の時間は後回しだったのもあり、こんな風に彩芽に自分だけのためにサプライズしてもらったことはなかったように思う。

いわゆる一夜の過ちから始まったし、遠回りもしたため、普通の恋人同士とは違っていたのだから尚更だ。

けれど、普通とは違っているからこそ、こんなにも心を震わせるほどに感激できるのかもしれない。だからといって、あんな思いをするのは二度とごめんだ。そうならないためにも、この想いを彩芽と共有しておきたい――

「そんな、生まれて初めてってことはないと思いますけど。駿さんに喜んでもらえて、すっごく嬉しいです。私も愛してます」

だからこそ、思ったままの言葉を紡ぎ出したというのに……。残念なことに彩芽には信じてもらえてはいないようだ。

これまでもそういうことばかりだった。

彩芽と出会うまでの駿は誤解されることに慣れてしまっていて、いちいち相手の誤解を解こうとしなくなっていたし、どこか諦めてしまってもいたように思う。

それはきっと、相手だけでなく駿にとってもそれだけの想いでしかなかったからに違いない。

だが、彩芽には誤解したままでいてほしくないし、何もかもわかっていてほしい。駿にとって、彩芽は特別なんだって――

「これまでも彩芽から手作りのチョコもらって嬉しかったけど、こうして俺だけのために作ろうと思ってくれた彩芽のその気持ちが嬉しいんだよ」

「駿さん……！」

「それに、翔や雪菜抜きで、俺のためだけにって思うと余計に嬉しくてどうしようもないんだ。大人げないよな。呆れるよな。けど、それだけ彩芽のことを愛してるんだ。これからも彩芽のことをもっともっと好きになっていくと思うけど、引かないでもらえると嬉しいな」

「そんな、まさか。駿さんに好きになってもらえて、引くわけないじゃないですか！　むしろ嬉しいくらいですよ。それくらい駿さんのこと好きなんですから。駿さんこそ、私のこと重いって思わないでくださいね」

「翔や雪菜にまで嫉妬してるくらいなんだから、そんなこと、思うわけないだろう。本当はこうやって彩芽を腕に閉じ込めてずーっと俺だけのものにしておきたいって思ってるくらいだよ」

「ほ、本当に？」

「ウソなんかつかないよ。前にも言ったと思うけど、今の俺があるのは彩芽のおかげだよ。子どもの頃、出会った女の子が彩芽だと気づかなくとも、ショコラトリーで彩芽の笑顔見た瞬間、一目惚れしたくらい、彩芽は俺にとって特別なんだよ」

「――え!?」

「もしも俺に魔法が使えるなら、俺のことをずっと好きでいてもらえるように、彩芽に永遠に解けない魔法をかけてしまいたいくらいだよ。キザだって笑われるかもだけど、それくらい彩芽のことを愛してるよ」

我ながら恥ずかしいと思いながらも、それほどに彩芽のことを特別に思っていると何としても伝えたくて、照れくささを堪えながらも、彩芽への想いをすべて包み隠さず紡ぎ出した刹那。

「……もう……かかっちゃってますよ」

羞恥からか、ボソボソと何かを呟いた彩芽が駿の胸に顔を押しつけるように埋めて、ギュッと抱きついてくる。

感極まっているのか、彩芽の小さな身体がふるふると小刻みに打ち震え始めたかと思えば、ガバッと胸から顔を上げた彩芽が、駿の瞳を上目遣いで真っ直ぐに見つめ返してくる。

その微かに潤みを帯びた、濁りない綺麗な瞳に吸い込まれそう――そんな錯覚に囚われてしまう。

彩芽に見惚れてしまっていた駿の鼓動が一際大きく跳ね上がり、同時に、彩芽の鈴の音のように愛らしくまろやかな声音が駿の心と鼓膜とを打ち震わす。

「だったら、永遠に解けない魔法を今すぐ私にかけてください。これからもずっと駿さんに好きでいてもらえるように」

彩芽のことが狂おしいほどに愛おしくて愛おしくて、もうどうにも堪らない心持ちになって、彩芽の頬を両の手のひらでそうっと包み込むようにして引き寄せる。

「わかったよ。今から彩芽に永遠に解けない魔法をかけてあげるね」

そうして永遠に解けない魔法をかけるために、駿は甘やかな声音で囁いて、愛してやまない彩芽の唇にそうっと優しく、世界中のどんなチョコレートよりもとびきり甘やかなキスを降らせた。

この作品に対する皆様のご意見・ご感想をお待ちしております。

おハガキ・お手紙は以下の宛先にお送りください。

【宛先】

〒150-6008 東京都渋谷区恵比寿 4-20-3 恵比寿ｶﾞｰﾃﾞﾝﾌﾟﾚｲｽﾀﾜｰ 8F
（株）アルファポリス　書籍感想係

メールフォームでのご意見・ご感想は右のＱＲコードから、
あるいは以下のワードで検索をかけてください。

アルファポリス　書籍の感想

ご感想はこちらから

本書は、「アルファポリス」（https://www.alphapolis.co.jp/）に掲載されていたものを、改題、改稿、加筆のうえ、書籍化したものです。

極上御曹司（ごくじょうおんぞうし）と甘（あま）い一夜（いちや）を過（す）ごしたら、可愛（かわい）い王子（おうじ）ごと溺愛（できあい）されています

羽村美海（はむら みみ）

2023年 8月 31日初版発行

編集－木村 文・森 順子
編集長－倉持真理
発行者－梶本雄介
発行所－株式会社アルファポリス
〒150-6008 東京都渋谷区恵比寿4-20-3 恵比寿ｶﾞｰﾃﾞﾝﾌﾟﾚｲｽﾀﾜｰ8F
TEL 03-6277-1601（営業） 03-6277-1602（編集）
URL https://www.alphapolis.co.jp/
発売元－株式会社星雲社（共同出版社・流通責任出版社）
〒112-0005 東京都文京区水道1-3-30
TEL 03-3868-3275
装丁イラスト－うすくち
装丁デザイン－AFTERGLOW
（レーベルフォーマットデザイン—ansyyqdesign）
印刷－図書印刷株式会社

価格はカバーに表示されてあります。

落丁乱丁の場合はアルファポリスまでご連絡ください。

送料は小社負担でお取り替えします。

ISBN 978-4-434-32297-6 C0093